अहसास और ज़िन्दगी

(काव्य-संग्रह)

राधेयश्याम बंगालिया "प्रीतम"

साहित्यपीडिया पब्लिशिंग

Published by-

Sahityapedia Publishing

Noida (India) – 201301
Call- (+91)-961-806-6119
Email- publish@sahityapedia.com
Website- publish.sahityapedia.com

First Printing, 2017

ISBN 978-81-933570-2-6

दो शब्द...

प्रिय पाठकों।

प्यार भरा नमस्कार!

प्रिय पाठको! काव्य समाज का दर्पण है, जो समाज को उसकी सूरत दिखाता है, उसका मार्गदर्शन कर सद्विचार भर विकास की ओर अग्रसर करने की प्रेरणा प्रदान करता है।

काव्य किसी सुगंधित फूल से भी सुगंधित है, क्योंकि फूल की सुगंध निश्चित स्थान तक बिखरती है पर काव्य की सुगंध का स्थान अनिश्चित है, असीम है।

प्रिय पाठकों!

काव्य अमर है। कविताओं का रसपान कर सहृदय प्राणी भावविभोर हो जाता है और धरा को स्वर्ग सम महसूस करने लगता है।

काव्य में आशा की किरण दिखाई देती है। प्रसिद्ध साहित्यकार उपन्यास सम्राट मुंशी प्रेमचंद ने कहा है कि हम फूल को देखकर इसलिए ख़ुश होते हैं कि फल लगेंगे और किसान बादल को देखकर इसलिए ख़ुश है कि वर्षा होगी। इस आशा के सहारे ही मनुष्य बड़े से बड़ा दुख झेल जाता है। तभी तो कहा है कि उम्मीद के सहारे दुनिया कायम है।

काव्य पढ़ने से जीवन में रसों का मिश्रण होता है और हृदय में समाहित सुप्तशक्तियाँ उद्वेलित होकर उत्साह का सर्जन करती हैं। मानव हृदय में असीम शक्तियाँ समाहित हैं पर प्रेरणा के अभाव में सुप्तावस्था में पड़ी हैं। जिस रस का काव्य पढ़ते हैं वही शक्ति उजागर हो जाती है।

काव्य-संग्रह "अहसास और ज़िंदगी" में संकलित कविताएँ पढ़कर आप भिन्न-रसों का पान कर पाएंगे और अपने अंदर एक असीम उत्साह, प्रेम का झरना बहता महसूस करेंगे और साथ में समाज में फैली बुराइयों से उभरकर अच्छाई को भी आत्मसात् करने में सक्षम होंगे।

कविताएँ जीवन में उमंग, तरंग, उत्साह, प्रेम, शांति, सहानुभूति का निवेदन करती हैं। काव्य-संग्रह "अहसास और ज़िंदगी" से उदाहरण द्रष्टव्य है..

"सोना जेवर बनता है तप जाने के बाद।
इंसान संभलता है ठोकरें खाने के बाद।
हथेली पर सरसों हरी नहीं होती, दोस्त!
रंग लाती है हिना सूख जाने के बाद।"

इस दुनिया में सबसे बड़ा गुरु वक़्त है, क्योंकि जो शिक्षा दुनिया का कोई विश्वविद्यालय नहीं दे सकता है, वह वक़्त देता है।

सत्तर वर्ष बीत गए भारत की आज़ादी को आज भी मेरे प्यारे भारतवर्ष में साठ करोड़ लोग दो जून की रोटी, कपड़ा मकान को तरस रहे हैं, क्यों?

स्वार्थ हावी है भैया!

दस प्रतिशत लोग धन पर कुंडली जमाए हैं और नब्बे प्रतिशत मुँह की खाए हैं।

कहाँ गई इंसानियत... मर गई?

इस प्रश्न का उत्तर तलाशना होगा और यह तलाश पूर्ण करने में साहित्य ही सहायक बन सकता है, इसलिए साहित्य की सभी विधाएँ पढ़ो पर काव्य और भी ज़्यादा;क्योंकि यह गागर में सागर की बात करता है।

यहाँ कहने को मेरा देश महान है, था कभी अब संस्कार भूल गया है, वापिस लौटना है हमें।

इंसान इंसानियत का दुश्मन.. क्यों रे..जानवर भी प्यार करता है अपने बच्चों से, परिवेश से। यानी मनुष्य-मनुष्य से नहीं.. तो दंभ काहेका... रोना आता है मुझे इंसान पर... लज्जीत हूँ मैं हाय रे मेरा देश.. परिवेश.. क्या हो गया।

आँखें खोलो रे मानव!

यहाँ भाई का भाई शत्रु है, बहिन का भाई..क्योंकि अपनी बहिन सर्वोपरि, दूसरे की हुस्नपरि।बाप का कहना बेटा-बेटी न माने..छोड़आए बुढ़ापे में वृद्धाश्रम में, माँ रोये बेचारी बेटा-बेटी की बेवफ़ाई में, स्वामी-सेवक का क्या एतबार.. स्वामी सेवक का शोषण करे और मौका मिलने पर सेवक स्वामी के प्राण हरे।

पति-पत्नी का कैसा प्यार है..पति दूसरे की पत्नी तके, धोखा दे और पत्नी ज़रा-सी बात पर पति को तालाक।

भारतवासियों संभलो..जागो..मिटाओ घृणा.. बढ़ाओ प्यार..शुद्ध कर प्रकृति।

मेरा काव्य-संग्रह "अहसास और ज़िंदगी" रिश्तों पर टिका है।

भाग्यशाली होते हैं वो लोग जिनमें समय और समझ एक साथ आती है, वरना होता यह कि समय रहते समझ नहीं आती और जब समझ आती है तो समय बीत जाता है।

अंत में यही कहूँगा....

"अहसास मोहब्बत का, दिल में जगाओ तो।
भेदभाव भूलकर तुम, गले मिल जाओ तो।।
गले मिल जाओ तो, दुनिया दाद देगी ये।
महान होगा देश, ज़िंदगी मद होगी ये।
सुन प्रीतम की बात, जीवन है यह मधुमास।
सुंदर यार कितना, है जीवन का अहसास।"

राधेयश्याम बंगालिया "प्रीतम"
वी.पी.ओ.जमालपुर,
तहसील बवानी खेड़ा,
ज़िला भिवानी(हरियाणा)
पिन कोड- 127035
चलध्वनि यंत्र संख्या- 09812818601

अनुक्रम

1) तुम्हें रीझाने आएंगे

वक़्त आएगा ख़ुशी के खज़ाने आएंगे।
एकदिन रूठे भी हमें मनाने आएंगे।।

मुँह फेर लेते हैं हमें देखकर जो लोग।
चौखट पर हमारी हाज़िरी लगाने आएंगे।।

दिल जल रहा है रेगिस्तान-सा तो क्या।
कभी प्यार की बारिश के ज़माने आएंगे।।

रिश्ते निभाने हैं तो झुकना भी सीख ले।
मिलजुल रहने में ही दिन सुहाने आएंगे।।

जीना ही है तो हँसकर जी ले मेरे, दोस्त!
दिल ख़ुश होगा तो प्यार के तराने आएंगे।।

कायर नहीं बहादुर बनने का दम भरना।
वरना हरबात पर बहाने ही बनाने आएंगे।।

कभी मुस्क़रा प्यार का क़दम बढ़ाना तुम|
हम देखना मुस्क़राकर हाथ मिलाने आएंगे।।

वफ़ा देना दग़ा न देना प्यार में किसी को।

हर जुबां पर तुम्हारे ही अफ़साने आएंगे।।

आदमी के सद्कर्मों की ही पूजा होती है।
बुराई के तो हर ओर से उलाहने आएंगे।।

"प्रीतम" तुझ पर दिल सौ-जान से कुर्बान है।
तू जहाँ भी रहेगा हम तुम्हें रीझाने आएंगे।।

2) जय जयकार हिंदी की

क्या बात है जग में, अरे! भाषा हिंदी की।
नीलगगन में चंदा-सी, है आभा हिंदी की।।

देवनागरी लिपि इसकी, है बनावट में सुंदर।
देती हो शोभा जैसे, ये माथे पर बिंदी की।।

बोलने और लिखने में, सरल बहुत है हिंदी।
है वैज्ञानिक ये तो, एक मिसाल ज़िंदी की।।

संविधान की धारा 343 में, है राजभाषा ये।
बोलते करोड़ों जन, कितनी चाहत हिंदी की।।

टी ओ टू एस ओ सो, बड़ी उलझन अंग्रेज़ी।
जैसा बोलो वैसा लिखो, ये क़रामात हिंदी की।।

किस्से कहानी कविताएँ, हर विधा का सागर।
झरता ज्ञान का झरना, ज्यों ज़ज्बात हिंदी की।।

सेवक बन हिंदी का रे, प्रचार बढ़ा तू प्रीतम।
हर ज़ुबान हो एकदिन, जय जयकार हिंदी की।।

3) सीखा हमने

मौसम की तरह बदलना नहीं सीखा हमने।
सबसे गले मिलते हैं जलना नहीं सीखा हमने।।

सफलता पर दुश्मन को भी दाद दी ख़ुशी से।
मुँह फेर बग़ल से निकलना नहीं सीखा हमने।।

कोई माँगे उसे नेक सलाह देते हैं सदा हम।
ग़ुमराह कर किसी को छलना नहीं सीखा हमने।।

दिल में अपनत्व का दरिया बहता जाने क्यों?
किसी की ख़ुशी से हाथ मलना नहीं सीखा हमने।।

वो आते हैं हमारी तरफ़ चाहत में खिंचे-खिंचे।
आदमी देखकर तेवर बदलना नहीं सीखा हमने।

सच की तारीफ़ करूँ, झूठ की करता हूँ निंदा मैं।
आत्मा की आवाज़ से बचना नहीं सीखा हमने।।

अहं वो आग है जो जलाकर निशां भी न छोड़े।
ऐसी आग में कभी उबलना नहीं सीखा हमने।।

आदमी आदमी को देख जलता है यहाँ, दोस्तो!
हम देख खिलते हैं मुर्झाना नहीं सीखा हमने।।

कभी एक काम भलाई का भी कर चलें हम।
हरपल बुराई से ही उलझना नहीं सीखा हमने।।

"प्रीतम" हो सके तो किसी का दिल न दुखाना।
ग़रीब की एक हाय! से उभरना नहीं सीखा हमने।।

4) बात पते की

हर चीज़ की क़ीमत यहाँ, क्यों दुनिया भूल जाती है।
बंद पड़ी घड़ी भी, दिन में सही दो समय बताती है।।

कमियाँ निकाले उसकी, मिसाल मख्खी से दूँगा।
ख़ूबसूरत ज़िस्म छोड़, वो ज़ख्म पे बैठ जाती है।।

पास में हो चीज़ हमारे, उसकी क़दर नहीं करते हम।

साथ छूट जाने पर, उसकी क़ीमत समझ आती है।।

संघर्ष में जिसने साथ दिया, सच्चा मीत वही जीवन में।
कामयाबी मिलने पर तो, सारी दुनिया साथ हो जाती है।।

सही नज़र से देखो तुम, दुनिया हसीन नज़र आएगी।
भीगी पलकों से आइने में, सूरत धुंधली हो जाती है।।

बोल बड़े कभी न बोलो, समय की लाठी ताक़तवर है।
जिसदिन पड़ती ये भैया, खुद से नफ़रत हो जाती है।।

चारदिन की ज़िन्दगी है, हँसकर गुज़ारो तुम यारो।
घुट-घुट कर जीने से ये, नरक-सी हो जाती है।।

भेदभाव की दीवारों में, इंसानियत को न भूलो यारो।
इन कर्मों को देखके तो, कुदरत भी रूठ जाती है।।

हर रात के बाद मेरे दोस्तों! सुबह भी तो होती है।
ग़म से न हारो कभी, पीछे ख़ुशियों की बारात आती है।।

"प्रीतम" तेरे विचार ग़ज़ब है, काश! दुनिया के हो जाएं।
ऐसे पावन विचारों में तो, दुनिया स्वर्ग नज़र आती है।।

5) बादल दीवाना हो गया

धरती की बेचैनी देखी, मानसून का आना हो गया।
छमछमाछम बरसा ऐसे, बादल दीवाना हो गया।।

प्रेम की बूँदें गिरी जो, धरती का दिल भी डोल गया।
ऐसी बिखरी हरियाली, सारा जग नज़राना हो गया।।

तन की शोभा, मन की शोभा, प्रेम से फूले-फले।
जिसके हृदय प्रेम फला, हरदिन सुहाना हो गया।।

विरहाग्नि बुझ गई तन लागी, प्रेम-दीपक जला।
ऐसा फैला प्रेम-उजाला, रोशन ज़माना हो गया।।

पेड़ों से लिपटकर बैलें, प्रेम का खेल हैं खेलें।
फूलों से लद्ध गई दीवानी, मौसम मस्ताना हो गया।।

आपको आना था यहाँ, हमको भी आना था यहाँ।
आप आए हम आए, मुलाक़ात का बहाना हो गया।।

ऐसी क्या ख़ता हुई हमसे, आप क्यों आए नहीं।
ज्येष्ठ बीता, अषाढ़ बीता, सावन का आना हो गया।।

आप जो गुज़रे चमन से, फूलों में रंग आ गए।

देखकर रंग फूलों का, भ्रमर दीवाना हो गया।।

बादल बन बरसा यादें, "प्रीतम" प्रिया के आँगन।
मन की हलचल कहे झूम, दिल दीवाना हो गया।।

6) रिश्ते हैं कच्चे धागे

रिश्ते कच्चे धागे, मोल न इनका कोय।
समझे तो ज़न्नत, न समझे तो नरक होय।।

सुख-दुख में साथ निभाता सच्चा मीत वही।
बात-बात पर मुँह मोड़ले निज स्वार्थी होय।।

ऐसे रहिए मिलजुल जैसे ख़ुशबू फूले-चमन।
बिन बू के हरफूल क़ाग़ज़ का फूल होय।।

प्रेम, श्रद्धा, आस्था, आरज़ू से पाक मुहब्बत है।
जिस नारी हृदय ये बसें सदा पतिप्रिय होय।।

ये संसार किराए का घर एकदिन छोड़ जाना।
कर्मों की पूजा होगी बंधु समझ लीजिए तोय।।

पहले तोलो, फिर बोलो मीठी वाणी सुख देती।
कर्कश बाणी कानो में चुभे जो कौवे-सी होय।।

प्रीत का बंधन बांध ले "प्रीतम" गर तू सुख चाहे।
जिस हृदय में है प्रीत बसी गले का हार होय।।

7) माँ ममता की मूरत

माँ ममता की मूरत है, माँ देवी का अवतार यहाँ।
कलेजे के टुकड़े को करती है बहुत प्यार यहाँ।।

माँ का हृदय गंगाजल, प्यार है अमृत की धारा।
खुद सोये गीले में बेटे को देती सूखा संसार यहाँ।।

बेटा जाए प्रदेश में तो माँ को चिंता बहुत सताए।
बिन बेटे के हृदय खलता रहता घर-संसार यहाँ।।

पूत कपूत हो जाए पर माँ की ममता न मिटती।
माँ करुणा की देवी बन देती सुखों का सार यहाँ।।

माँ का हृदय गहरा सागर, चित हिमालय-सा विशाल।
बेटे की गलती पल में भूले, शरारत दे नक्कार यहाँ।।

खुद भूखी रहले चाहे औलाद का पेट पर भरती।
हर कुर्बानी को तत्पर रहती, सहती सब खार यहाँ।।

माँ के प्यार की उम्र सबसे अधिक जीवन में है।
नौ महीने कोख का सुख देती है एक उपहार यहाँ।।

ज़रा-सी चोट लगे बेटे को तो माँ परेशान हो जाए।
हर पल सावधानी का करती दिल में इख़्तियार यहाँ।।

बस में अगर हो माँ के, स्वर्ग का ताज़ पहनादे माँ।
सब ख़ुशियों की बेटे पर करना चाहती बौछार यहाँ।।

"प्रीतम" कर पूजा माँ की, ले माँ से सब संस्कार तू।
माँ की मूरत भगवान की सूरत गुणों की भरमार यहाँ।।

8) ओ बहना मेरी

ओ बहना ख़ुश रहना मिले न ग़म।
छू ले ऊँचाई न रहे किसी से कम।।

जीवन की हर हसरत जवां हो जाए।
दिले-आँगन में ख़ुशियाँ नाचें हरदम।।

तेरी राखी मेरी प्रेरणा का इस्तिहार है।
देती हरपल ये तेरी सुरक्षा की क़सम।।

जीवन पथ में फूलों की बौछार बनके।

दूर करता रहूँ मैं काँटों का हर सितम।।

तेरी आँखों में कभी आँसू न झलकें।
दुवा रब से यही माँगता हूँ मैं परम।।

तूँ कभी मुझे याद करे मैं दौड़ा आऊँ।
बन जाऊँ मैं तेरी हर ख़ुशी का माध्यम।।

जग में हर भाई का यह कर्तव्य बनता।
हर बहन को निज बहन-सा देखे सक्षम।।

स्वर्ग यहीं है नरक यहीं है बहना मेरी।
नहीं देख पाए यह इंसान का दृष्टिभ्रम।।

अपने बेटा-बेटी को सुंदर संस्कार दीजिए।
प्यार का हर रिस्ता होगा बहुत क़ायम।।

"प्रीतम" हर कर्म खुद पर लागू कर देख।
जीवन का हरपल होगा सुखद मधुरतम।।

9) भैया मेरे

ख़ुदा की निग़ाहों तले पले भैया मेरे।
ग़म के अँधेरों से टल चले भैया मेरे।।

तेरी सलामती की दुवा माँगती हरपल।
तेरी ज़िंदगी फूल-सी खिले भैया मेरे।।

सफलता का ताज़ सदा सिर पर रहे।
हार कोशों दूर से निकले भैया मेरे।।

मिले वो मुक़ाम दिल जिसे भी चाहे।
मुसीबत अपना हाथ मले भैया मेरे।।

दिल में प्यार राखी-सा चमके सदैव।
ग़िला-शिक़वा सब दूर टले भैया मेरे।।

यश, वैभव में भी इंसानियत न भूले।
हँसकर सभी से गले मिले भैया मेरे।।

नेकियों के पथ से कभी न भटके तू।
दिल में अच्छाई ही संभले भैया मेरे।।

तू प्यारा हो जग से न्यारा हो दुवा है।
सितारों में चाँद-सा हो खिले भैया मेरे।।

तुझे सब दिलसे मिलने की तमन्ना करें।
तेरा प्यार सदा आँखों में पले भैया मेरे।।

फूल ही फूल बिछे हों पथ में "प्रीतम"।
काँटों का नामों निशान जले भैया मेरे।।

10) ज़िंदगी

कभी ख़ुशनुमा कभी उदास लगती है ज़िन्दगी।
हरपल एक नया इतिहास लगती है ज़िन्दगी।।

झाँक कर देखा जब भी इंसान की आँखों में।
लिए बैठे वर्षों की प्यास लगती है ज़िन्दगी।।

कल उड़ाकर ले गई मक़ानों की छतें आँधियाँ।
फूली-फूली-सी सबकी साँस लगती है ज़िन्दगी।।

शेर की खाल पहने सियार से सब डर गए।
दहशत में फँसी, उलझी दास लगती है ज़िन्दगी।।

तेरे चेहरे को देखकर, मैं तमाम ग़म भूल गया।
क़सम से आज बड़ी बिंदास लगती है ज़िन्दगी।।

घृणा, द्वेष, वैमनस्य की आग में शहर झुलसा है।
हर तरफ़ मौत का आभास लगती है ज़िन्दगी।।

जिसको भी देखो वही भटकता है अनजान-सा।
कभी न ख़त्म हो वो तलाश लगती है ज़िन्दगी।।

लक्ष्य न कोई सफ़र का ही पता है हमें यारा।
कटी पतंग-सा एक विश्वास लगती है ज़िन्दगी।।

आज मज़े में गुज़रे कल कौन देखे की सोच।
स्वार्थ का ये कोरा अहसास लगती है ज़िन्दगी।।

क्यों सिर पकड़कर बैठ गया "प्रीतम" आज तू।
क्या ग़म से घिरी बकवास लगती है ज़िन्दगी।।

11) व्यवहार ऐसा हो

अपने लिए चाहो, औरों से वैसे करना।
देख मुस्क़राएँ तुझे, व्यवहार ऐसे करना।।

तारीफ़ चारों दिशा से मिलेगी तब तुझे।
प्रेम की बहारों से, फूलों जैसे खिलना।।

चर्चे गली, मुहल्ले क्या दुनिया में होंगे।
दे मन की रोशनी, सूरज जैसे चमकना।।

विपरीत हवाओं के चले वही सुर्ख़ियों में।

दिल में गाँठ बाँध, कमल जैसे दिखना।

पर्वत-सा उठना पर्वत न बनना कभी।
यश हासिल कर, फलवृक्ष जैसे झुकना।।

ज़रूरतमंद की सेवा गर हो जाए तुमसे।
उनकी दुवाओं से फिर, स्वर्ग जैसे रहना।।

भीड़ भरोसा छोड़कर सिंह सरिस बनो।
अपने रास्ते खुद बना, वीरों जैसे चलना।।

ज्ञान से हौंसले बुलंद होते हैं समझिए।
इस वास्ते मेरे यारा, विद्यार्थी जैसे जीना।।

जो बोए सो काटे ये है जीवन की रीत।
भाग्य की खेती रे तुम, कर्म जैसे करना।।

"प्रीतम" सुंदर जीवन का सलीखा सिखाके।
सबके मन-मंदिर में, दीपक जैसे जलना।।

12) बेटियाँ चंदा सरीखी हैं

बेटियाँ चंदा सरीखी हैं, प्यार दीजिए।
शीतलता ही सीखी हैं, प्यार दीजिए।।

माँ का प्रतिरूप कुल संजीवनी शक्ति।
पूरक ये प्रभु लिखी हैं, प्यार दीजिए।।

हर साँस मे माँ-बाप का नाम इनके।
हरक्षेत्र अव्वल दिखी हैं, प्यार दीजिए।।

ससुराल में रह मायका भी प्यारा लगे।
दो घरों की तारीख़ी हैं, प्यार दीजिए।।

बेटी, बहन, माँ, दादी, नानी, बुआ, भाभी।
सर्वरूप संपन्न सलीखी हैं, प्यार दीजिए।।

शांत, करुण, वीर, श्रृंगार रस धारिणी ये।
वक़्त लय की तहज़ीबी हैं, प्यार दीजिए।।

बेटा-बेटी दोनों एक सिक्के के पहलू।
संसारी जीवन बारीकी हैं, प्यार दीजिए।।

विधि-विधान समन्वय उपहार गज़ब है।
गीत-संगीत एकतालिखी हैं, प्यार दीजिए।

घर-आँगन की शोभा ख़ुशी का सार।
भाई-कलाई की राखी हैं, प्यार दीजिए।।

"प्रीतम" बेटा-बेटी का अंतर भुला दिलसे।
बेटी समदृष्टि की सखी हैं, प्यार दीजिए।।

13) यारी यार की

याराना यार का मौसम ये बहार का।
फूले-फले दोस्ती मिले सुख प्यार का।।

यार तोहफ़ा है ये क़िस्मत से मिलता।
दीप उजाला बनता जैसे घर-बार का।।

यारी खज़ाना है कुबेर से बड़ा दोस्त।
जिसे मिला सीखे गुण वो एतबार का।।

वक़्त बदले पर यार नहीं बदले अगर।
यार वही है एक सुनिए व्यवहार का।।

दूर रहे पर मिलने की ख़्वाहिश करे।
दीया जले नयन यार के दीदार का।।

कृष्ण-सुदामा का उदाहरण हृदय-पले।
ग़म कोसों दूर रहेगा हयाते-भार का।।

दिल खिले जब भी मिले दिल दिलसे।
भरदे दिल दिल में सार सब श्रृंगार का।।

एक-दूसरे का सुख-दुख अपना समझे।
मिले उजाला जीवन में तब संसार का।।

फूल-ख़ुशबू सरिस मिलजुल रहें हम यहाँ।
चमन बने संसार फिर परवर-दिग़ार का।।

"प्रीतम" तेरी ये प्रीत सादगी की मूरत है।
करे रंगो-बू-सा असर किसी गुलज़ार का।।

14) परिवर्तन की गुंज़ाइश

हर तरफ़ नफ़रतों की शम्मा जल रही है।
स्वार्थे-बुद्धी इंसान की तासीर बदल रही है।।

सरेआम होने लगे हैं क़त्ले-आम मुल्क़ में।
इंसानियत डर के आग़ोश में पल रही है।।

हिलने लगी हैं मोहब्बत की दीवारें दोस्त!
ख़बर ही नहीं दिल में बेवफ़ाई चल रही है।।

झुक रही हैं बेबस निग़ाहें ज़ुल्मों-सितम से।

भावना दबी, कुचली-सी हृदय में गल रही है।।

तेरा-मेरा का तसव्वुर दिल में पनप रहा है।
इंसान की इंसानियत इंसान को छल रही है।।

अवसरवादी सोच दिल के हरकोने में बसी।
गिरगिट की तरह वक़्त देख बदल रही है।।

भाईभतीजावाद का ज़हर ख़ून में घुल गया।
ईमान की तो यहाँ अर्थी-सी निकल रही है।।

काश! इंसान जागे उठे बेईमानी की नींद से।
विश्वास की एक सदा अब भी संभल रही है।।

बुराई की जीत सदा नहीं होती मैंने सुना है।
सच्चाई में जीतने की ताक़त अटल रही है।।

वक़्त बदलेगा समझ बढ़ेगी हौंसला रख "प्रीतम"।
परिवर्तन की गुंज़ाइश हमेशा ही सफल रही है।।

15) हर समस्या का समाधान होता है......???

हे मानव! क्यों छोटी-छोटी बातों पर तू परेशान होता है।
इस धरती पर तो पगले हर समस्या का समाधान होता है।

विधाता ने जीवन के दो पहलू बनाए हैं कभी न भूलना तू।
कभी यहाँ रात होती है तो कभी सूर्य उदयमान होता है।

अपने सुख-दुःख कारण त्वरित करने वाला भी तू ही है।
इस जीवन का आगाज़-तारण करने वाला भी तू ही है।
जैसा बोये वैसा काटे का फ़लसफ़ा तू क्यों भूल जाता है।
कभी साधे स्वार्थ की चुप्पी करे कभी उच्चारण भी तू ही है।

सलाह लेता है किससे ये तुझी पर तो निर्भर करता है पगले।
ये तू भी जानता है यहाँ पर कौन खोटा है कौन खरा पगले।
दुर्योधन को शकुनि भाया अर्जुन ने श्रीकृष्ण को था अपनाया।
ये निज-निर्णय था भ्रमित करने को विधाता नहीं उतरा पगले।

खुद की शोहरत पर नाज़ करे दूसरे की पर तू करता है जलन।
खुद की बहन लगे प्यारी तुझे दूसरे की पर बुरे रखता है नयन।
निर्भया का दोषी हो लिखवाना चाहे अपना तू अच्छा चाल-चलन।
ये विरोधाभास कैसे करे जीवन में तुझे बता ज़रा आनंद मग्न।

जीने का ढ़ंग बदल, बुराई का तू संग बदल, चैन बहुत पाएगा।
वरना विधि का विधान है ये जैसा करेगा वैसा तेरे आगे आएगा।
फूलों में रहेगा तो सुगंध जीवन में घुल जाएगी सुनले बात मेरी तू।
काँटों के संग रहकर तो तू ख़ुद को देखना लहूलुहान हो जाएगा।

बुरा मत देख, बुरा मत सुन, बुरा मत कह बापू के मंत्र सीख।

शिक्षित बन, संघर्ष कर, संगठित रह अंबेडकर के तू यंत्र सीख।
आत्मनिर्भर हो, सभ्य हरपल हो, हँसी गुलाब की तेरे लबपर हो।
स्वर्ग यहीं, नरक यहीं नेक कर्मों से बुराई फिर छूमंतर सीख।

कुछ ऐसा कर दूसरों के लिए प्रेरणा का अवतार बन जाए तू।
कुछ ऐसा लिख नस्लों के लिए सागर का विस्तार बन जाए तू।
"प्रीतम" ख़ुशी का सौदागर बन दुख का बन तू भागीदार यार मेरे।
लोगों के दिलों में चाहत का एक कोमल-सा उद्गार बन जाए तू।

16) सैनिक का धर्म

सैनिक हो चाहे किसी देश का भी।
इंसान पहले है किसी वेष का भी।।

आमने-सामने लड़ना तो फर्ज़ ठहरा।
शहीद होने पर मान सर्वेश का भी।।

अंग-भंग करना कोई तालीम नहीं है।
विरोध हो ऐसी बर्बरता आदेश का भी।।

पार्थिव शरीर से छेड़ शैतानियत होती।
हर धर्म ये सिखाए अखिलेश का भी।।

युद्ध सदा ही घाटे का सौदा, न करो।

प्रेम, सौहार्द में आनंद नीलेश का भी।।

आज मेरा कल तेरा सिर कटेगा ऐसे।
हर रिस्ता रोयेगा पीछे सुदेश का भी।।

शांति, अमन का पाठ पढ़ो पढ़ाओ रे!
प्यार से महके कोना परिवेश का भी।।

आने वाली नसलें सुख की साँस लें।
स्वर्ग हो जाए भूलोक जनेश का भी।।

हिन्दू, मुस्लिम एक नूर से उपजे तुम।
शत्रु बन न तोड़ो नेम लोकेश का भी।।

दिलों की दूरियाँ कम करो वक़्त रहते।
वरना मिटो, न बचे निशां कलेश का भी।।

"प्रीतम" कब उद्दार होगी ये इंसानी रुह?
जब देखेगी तांडव भूपर महेश का भी।।

17) तुम डाल-डाल, हम पात-पात.....

गोलियों की बौछार से या तीर तलवार से।
जीतना है संग्राम, चाहे किसी भी हथियार से।

साम, दाम, दंड, भेद कोई भी नीति अपनाकर,
दहलाना शत्रु का कलेजा सिंह की हुंकार से।

दो सिर के बदले पचास सिर काटने होंगें।
आँसू बदले की आग से अब छांटने होंगें।
वो डाल-डाल हैं तो हम पात-पात हैं, सुनो!
आगे बढ़ते शत्रु के क़दम वहीं डाटने होंगें।

हवाएँ ये आँधियाँ न बन जाएं हिंदवासियो।
रूख इनका मोड़ दें, हे! हिंद के निवासियो।
अब होने दो शिव का तांडव प्रचंड यहाँ,
मिटा दो पाक हौसले, उठो, बढ़ो साहसियो।

चार बार हारा फिर भी सबक़ नहीं सीखा।
गिरा मुँह के बल फिर भी गिरगिट सरीख़ा।
शैतानी पर शैतानी करता आया है नादानी,
अब मौक़ा नहीं, सिखा दो रहम का सलीख़ा।

कब तलक लहू से अपने रंगते रहोगे वीरो!
कब तलक हाथ बाँधे छलते रहोगे रणधीरो।
अब वक़्त कुछ करके दिखाने का आया है,
सबक शत्रु को सिखाने का आया है शूरवीरो।

क़सम तिरंगे की पानी-पानी पाक को करदो।

फिर न उठे ये कभी ज़िस्म में बारूद भरदो।
सौ बार सोचे गद्दारी, शैतानी करने से पहले,
सीने पर पाक के वीरता का ऐसा असर दो।

18) उमर फ़ैयाज़ पर्रे..एक शहीद

कब तक हत्याएं बर्बरता से होती रहेंगी।
माताएँ कलेजे के टुकड़े को रोती रहेंगी।।
कितने उमर फ़ैयाज़ पर्रे यहाँ मिटाए जाएंगे।
कितने रूहों के सपने अरमान लुटाए जाएंगे।।
हे दिल्ली वालो चेतो, संसद में विचार करो।
समझौते छोड़ो अब, पाक-कफ़न तैयार करो।।
आर-पार की लड़ाई अब तो लड़नी ही होगी।
बेलगाम के नाकों नकेल अब डालनी ही होगी।।
अपनी हरक़तों से बाज नहीं आएगा ये पाक।
जब तक नहीं हो जाएगा सुनलो ज़िंदा खाक़।।
मारते, तन-अंग काटते और ज़िंदा तड़फ़ाते हैं।
ये सोच रोंगटे खड़े और आँसू निकल आते हैं।।
एक वर्ष नहीं हुआ जिसको ख़ुशियाँ मिटा दी।
प्रेरणा युवाओं की थी आतंकियों ने हटा दी।।
शहीद होते, रिश्ते रोते तुम करते सिर्फ़ समझौते।
नहीं, कुछ और करो, न मिटें माँ लाल इकलौते।।
जब सैनिक भर्ती होता, हर रिश्ते में ख़ुशी बोता।
देश-सुरक्षा वो करे, उसकी सुरक्षा ये देश होता।।

सोचो समझो दिल्ली वालो और फ़रमान करो।
ये बर्बरता न हो चाहे उल्टा धरती-आसमान करो।।
सीने में सुलगी है जो चिंगारी ज्वालामुखी होने दो।
या मिटेंगे या मिटा देंगे अब आर-पार जंग होने दो।
दो कौड़ी का आदमी सैनिक को तमाचा मारता है।
हाथ बंधे ऐसे कि लहू का घूँट पी रह जाता है।।
अब हाथ खोलदो, ईंट का ज़वाब पत्थर से दो बोलदो।
बर्बरता नज़र नहीं आएगी कहो, भाव के भाव तोलदो।।

19) आँसू

आँसू दर्द का हिस्सा, सुख का आधार भी।
आँसू मर्ज़ का मोती, अर्ज़ का इस्तिहार भी।
आँसू सावन का गान, मन का दीदर भी।
आँसू दिल की महिमा, आरज़ू का तार भी।

आँसू निश्छल वाणी है, सरलता उपहार है।
आँसू ग़ज़ल का कारण, शेर छंद श्रृंगार है।
आँसू कव्वाली का हृदय, गीत का सार है।
आँसू लाचारी की मूरत, औरत हथियार है।

आँसू द्रौपदी का चीर, निर्भया की पुकार है।
आँसू किसान पीड़ा, अमीर स्वांग दीदार है।
आँसू सहानुभूति है, उपहास का आधार है।

आँसू संगी सुदामा, कृष्ण का मृदुल प्यार है।

आँसू कवि की कलम, हृदय का उद्गार है।
आँसू वक़्त का चक्र, गंगा-निर्मल धार है।
आँसू प्रजा वेदना, राजा विवेक विचार है।
आँसू देव की पूजा, शैतान की हार है।

आँसू तड़फ़ समझ तू, मूल जान जीवन का।
आँसू आदि-अंत है, उसूल जान जीवन का।
आँसू सूखा सार मरा, कूल जान जीवन का।
आँसू रहमते-ख़ुदा है, समूल जान जीवन का।

20) जैसा करे, वैसा पाए

मुसीबते आजमाती इंसान को यहाँ।
इंसान परेशान हो जाता है बेइंतहा।
नहीं समझता प्रभु की लीला ये सब,
रोता चिल्लाता है अजान बांध समां।

प्रेरणा मेरी कहती है मत हो निराश।
दु:ख के बाद सुख आता ले प्रकाश।
आँधी बाद बारिश का ज्यों आगमन,
हरी-भरी करता धरा, निखारे आकाश।

व्याकुल कभी न हो पल-पल बदले।
चले कभी चलते-चलते चाहे फिसले।
दो पहलू बनाए हैं हर बात के, सुन!
कभी रात हो जैसे कभी सुबह खिले।

स्वान भौकें लाख परवाह न तू कर।
मंज़िल मिलेगी, छोड़ना न तू डगर।
कोई ताने दे, कोई सुझाव सुन सबकी,
पर अपने मन की मानता चल सुधर।

एक दिन काँटे भी फूल बन खिलेंगे।
एक दिन पराये भी अपने बन मिलेंगे।
तेल देख तेल की धार देख, तू प्यारे!
आज तू चलता कल तेरे आदेश चलेंगे।

हिम्मत से भाग्य चमके, भाग्य को भूल।
कर्म नेक कर बस अपनाले सद् उसूल।
तेरी लग्न से, मन मग्न से, सच्चे फ़न से,
धूल भी चूमकर क़दम बन जाएगी फूल।

21) अपनी ग़लतियों से

अपनी ग़लतियों से हर वक़्त सीखता हूँ।
दूसरों की आलोचना पर स्वस्थ रहता हूँ।।

असफल वही होते हैं जो परीक्षा देते हैं।
नदारद की गिनती मैं कभी नहीं करता हूँ।।

चलोगे तो फिसलोगे कभी गिरोगे भी तुम।
ऐसो के लिए उठने की मैं प्रेरणा बनता हूँ।।

रणवीर रण में ही अपना कौशल दिखाते हैं।
अपने मुँह मिया मिट्ठू को वीर नहीं कहता हूँ।।

कोशिशें करें, गिर कर संभलें सच्चे सिपाही।
हिम्मत न हारने वालों की तारीफ़ें करता हूँ।।

पर्वत चढ़ने वाले तो झुककर ही चढ़ते हैं।
सीधा चलने वालों को तो ज़मीं पर देखता हूँ।।

मेरा फलसफ़ा है इस हाथ दे उस हाथ ले।
ऐसे बंदों में मैं व्यवहार का तज़ुर्बा ढूँढ़ता हूँ।।

प्रभु को देखना तो ग़रीबों की आँखों में है।
अमीरों की आँखों में लालची शैतान देखता हूँ।।

तृष्णा तो धोखा है, माया है सुनले बंधु मेरे।
आवश्यकता में सादगी का ज़ज्बा मानता हूँ।।

बुत को पूज़ने से भगवान नहीं मिलता कभी।
नेक कर्मों के हौंसलों में भगवान देखता हूँ।।

"प्रीतम" प्रीत इंसानियत से कर इंसान से नहीं।
इंसान को रोज गिरगिट-सा बदलता देखता हूँ।।

22) उसके दर पर जो आया

अ मालिक तेरी दया, हमपर ज़रा-सी हो जाए।
हो उजाला ज्ञान का, ग़म का अँधेरा खो जाए।।

सहमे-सहमे से हैं हम, थके-थके-से हैं क़दम।
ग़म की घटाएँ हैं छाईं, मंज़िल कहीं न खो जाए।।

दिखा तू रस्ता ज्ञान का, रहे भरोसा ध्यान का।
नेकियों के पथ पर चलें, जीवन सफल हो जाए।।

सामने सदा फर्ज़ रहे, देश का हमपे न कर्ज़ रहे।
हौंसला हो दिल में यही, हर मुसीबत खो जाए।।

हिन्दू, मुस्लिम, सिक्ख, ईसाई हैं सब भाई-भाई।
कभी किसी में वैर न हो, प्यार सभी में हो जाए।।

फल की आशा छोड़के, कर्मों में बस ध्यान रहे।
जैसा किया वैसा मिलेगा, दिल में तसल्ली हो जाए।

"प्रीतम" तेरी प्रीत का, है उसको भी ध्यान सदा।
उसके दर पर जो आया, खाली कभी न वो जाए।।

23) एक रंग है ख़ून का

कुछ लोग हैं जो अहंकार लेकर आए हैं।
हम तो अपने दिल में प्यार लेकर आए हैं।।

एक रंग है ख़ून का, एक मानव जाति है।
फिर भी भेदभाव की दीवार लेकर आए हैं।।

धन की अमीरी छोड़ मन की अमीरी दिखा।
दिल में हम बंधु यही पुकार लेकर आए हैं।।

कौन स्थायी जग में, है चार दिन का मेला।
हँसी-खुशी से जीएं, ये विचार लेकर आए हैं।।

गुमान रावण का न रहा, दंभ कंश का टूटा।
आप कैसा घमंड का व्यापार लेकर आएं हैं।।

इंसान-इंसान से न जले मिले दिल से मिले।

प्रेम कृष्ण-सुदामा-सा हम यार लेकर आए हैं।।

चार दिन की है ये चाँदनी फिर अँधेरी रात।
दिल में अधूरा मुलाक़ाते-सार लेकर आए हैं।।

वृक्ष फल सूरत देखकर नहीं देता सीख ज़रा।
इंसान क्यों घृणा का ये संसार लेकर आए हैं।।

"प्रीतम" प्यार का दीप जला नफ़रते-तम न रहे।
तेरी मोहब्बत में..यही एतबार लेकर आए हैं।।

(शेर)
वफ़ा की राह में वफ़ा से बढ़कर वफ़ा देंगे।
अ दोस्त ज़रा एतबार मेरी वफ़ा पर करना।।
प्यार दो दिलों में हो तो अफ़साना बनता है।
प्यार कभी तुम भूलकर एकतरफ़ा न करना।।

24) होली गीत

रंगबिरंगें फूलों जैसा, है त्योहार ये होली का।
प्यार सिखाए भेद भुलाके, ये त्योहार होली का।।

(1)

गाल गुलाबी, चाल शराबी, हाथ में ले पिचकारी।
रंग उड़ाएँ, नाचें गाएँ, छैल-छबीले मारें किलकारी।
ढोल-नगाड़े बजने लगे, आया त्योहार होली का।
प्यार सिखाए....................।

(2)

जोकर बने हैं आज सभी, देख आए मुख पे हँसी।
काले-पीले, रंग-रंगीले, हो गए हैं, देखो रे! सभी।
प्यार ख़ुशी का है खज़ाना, ये त्योहार होली का।
प्यार सिखाए....................।

(3)

इन्द्रधनुषी हो जाएं सारे, मिलजुल गाएं होली में।
भेदभाव की तोड़े दीवारें, भरलें प्यार बोली में।
बुराई पर अच्छाई की जीत, का त्योहार होली का।
प्यार सिखाए....................।

(4)

देते हैं शुभकामनाएँ, फूलें-फलें "प्रीतम" यहाँ सभी।
गले मिलें, कभी न लड़े, फूल-ख़ुशबू से रहें सभी।
देता है संदेश यही, ये त्योहार, रे भाई! होली का।
प्यार सिखाए भेद भुलाके, ये त्योहार होली का।

रंगबिरंगे फूलों जैसा, है त्योहार ये होली का।

25) सीख ले ले यार

इंसान ज़्यादा इंसानियत कम देखी है।
मज़े से अपनों ने आँख नम देखी है।।

दूँ किसके प्यार की दुहाई यहाँ दोस्त!
हर किसी की टूटती क़सम देखी है।।

विश्वास दिया वही मौन हुए वक़्त पर।
मरी आत्मा उनकी हरक़दम देखी है।।

उम्मीद की चादर तब छोटी लगी जब।
इंसानी नीयत इंसान पर बेरहम देखी है।।

ऊपर से हर चीज़ नीचे गिरती है यार।
ज्वार की भाटे में यही इल्म देखी है।।

गिरगिट न बन तू मौसम न बन कभी।
मिट जाएगा सुन मैंने पूर्णिमा देखी है।।

धूप-छाँव-सी यहाँ ज़िन्दगी की फितरत्।
पल-पल बदलती यहाँ हर रस्म देखी है।।

गुमान न कर सूरत पर इतना कामिनी।
वक़्ते-पानी से बुझती शै गरम देखी है।।

नफ़रत भूल ये दुनिया रंगीन हो जाएगी।
प्यार में आइने की रुह नरम देखी है।।

"प्रीतम" हँसकर हर किसी को गले लगाले।
प्यार में हीरे-सी चमक असीम देखी है।।

26) शिक्षा धन अद्भुत अनुपम

घर-घर फैलेगा जब शिक्षा-दीप उजियारा।
विश्व-प्रमुख बनेगा उस दिवस राष्ट्र हमारा।
पढ़ लिख अपने अधिकार जानेगा हरजन।
जीवन मार्ग में आगे बढ़ेगा हो आनंदमग्न।

पुष्प खिलेंगे हृदय-चमन, नवीन विचारों के।
भिन्न-भिन्न सुरभित सुंदर सुखद संस्कारों के।
जीवन सागर-सा उमंग-तरंग ले होगा हरा।
उषाकाल के नभ-सा चिताकर्षक निखरा।

मन मयूर नृत्य क्रियाओं में होगा संलग्न।
आँखों में भरना चाहेगा रमणिक दृश्य जन।

निर्णय-क्षमता फलेगी चढ़ेगी चरमोत्कर्ष पर।
उचित-अनुचित का ज्ञान होगा निष्कर्ष पर।

नित नए अरमानों की उत्कंठा लिए चलेंगे।
फूले-चमन की जीवन परिभाषा लिए चलेंगे।
हँसें-हँसाएँ सबको, तन-मन वाणी पवित्र हो।
जो मिले खो जाए हममें ज्यों प्रिय मित्र हो।

जाति, धर्म, क्षेत्र के बंधन से मुक़्त करे शिक्षा।
हृदय-सुप्त-शक्तियों को जागृत करे शिक्षा।
सूर्य-चन्द्र से चमकेंगे शिक्षा के प्रबल वेग से।
देंगे शौर्य, अमन-संदेश शिक्षा के सबल वेग से।

शिक्षा-धन अद्भुत अनुपम सुंदर और विलक्षण।
चत्तुर चुरा न सके, हृदय उज्ज्वल करे प्रतिक्षण।

27) नकल उन्मूलन

नकल से मंज़िल आसान नहीं होती।
बिन पंख के जैसे उड़ान नहीं होती।
ज्ञान से सफलता के खुलते हैं रास्ते,
बिन ज्ञान इंसान की पहचान नहीं होती।

सालभर क़िताबें खोलता नहीं है जो।

नई तरक़ीबें नकल की सोचता है वो।
अरे! कहदो उससे तुम-
ऐसे परीक्षाएँ पास नादान नहीं होती।
बिन पंख के.............।

धोखे-दौलत की डिग्री काम नहीं आती।
सुबह चाहे आए इसकी शाम नहीं आती।
अरे! कहदो उससे तुम-
क़ाग़ज़ी-फूलों में कभी जान नहीं होती।
बिन पंख के...............।

करो मेहनत तुम ज़िन्दगी सँवर जाएगी।
वरना हार की हवा में ये बिखर जाएगी।
अरे! सुनलो कान खोल तुम-
चोरदिल होठों पर मुस्क़ान नहीं होती।

28) गीत

आ दो चार कर लें हम, प्यार की बातें।
कुछ तेरी कुछ मेरी, कुछ संसार की बातें।।

जब जुदा होंगे, न जाने हम कहाँ होंगे।
अपने सुख-दुःख फिर, कैसे बयां होंगे?

कैसे कटेंगे दिन, और कैसे कटेंगी रातें?
आ दो चार.............।

सुबह होती है, फिर ये शाम ढ़लती है।
ये ज़िन्दगी तो बर्फ़ ज्यों पिंघलती है।
होके ख़ुशी में चूर, करें ख़ुमार की बातें।
आ दो चार.............।

धरती प्यासी हो तो, बादल बरसता है।
ऐसे तुमसे मिलने को दिल तरसता है।
पल-पल करता है तेरे दीदार की बातें।
आ दो चार.............।

कौन अपना-पराया, कभी न सोचें हम।
दुःख में एक-दूसरे के आँसू पोछें हम।
मिलजुल रहें हमेशा, न हों तक़रार की बातें।
आ दो चार ....।

29) गणतंत्र-दिवस

आओ गणतंत्र-दिवस हम, अबके मनाएं ऐसे।
दिल में भरलें उमंगें हम, लहराए तिरंगा जैसे।।

भेदभाव की दीवारों को, दिल से तोड़ बगाएं।

हमसब मिल जाएं ऐसे, फूल और ख़ुशबू जैसे।।

सत्य, अहिंसा, त्याग को, दिल का गहना बनाएं।
मिठास भरी हो वाणी में, कूके है कोयल जैसे।।

सभ्य बनें, शिक्षित बने, ज्ञान भरें हम जीवन में।
मिट जाएं दर्द दिल के, बजती हो चुटकी जैसे।।

लालकिले पर लहराए, तिरंगा वतन की शान है।
ख़ुशियों का दे संदेशा, महका हो गुलशन जैसे।।

ख़ून से लाल हुई धरा, फहरा तिरंगा हो आज़ाद।
फूलों से उड़कर ख़ुशबू, फैली हरदिशा में जैसे।।

देशप्रेम का ज़ज्बा "प्रीतम" दिल से कभी न छूटे।
रहे आबाद ये हमेशा, पतंग से बंधी हो डोर जैसे।।

30) सीखो प्रकृति से कुछ

फूलों से तुम हँसना सीखो रे भाई।
कलियों से सीखो मुस्क़राना भाई।।

पेड़ों से सीखो सर्वस्व लुटाना रे तुम।
नदियों से सीखो रफ़्तार लगाना भाई।।

पर्वत से ऊपर उठना सीखो रे तुम।
फ़सलों से सीखो भूख मिटाना भाई।।

सागर से मेल मिलाप सीखो रे तुम।
चिड़ियों से सीखो चहचहाना भाई।।

चींटी से मेहनत करना सीखो रे तुम।
मकड़ी से सीखो घर बनाना भाई।।

झरनों से कलकल बहना सीखो रे तुम।
बुलबुल से सीखो गाना तराना भाई।।

चंन्द्र-सूर्य से मुसाफ़िरी सीखो रे तुम।
ख़ुशबू से सबके मन में भाना भाई।।

"प्रीतम" से प्रीत सीख लीजिए रे तुम।
हार से सीखिए गले मिल जाना भाई।।

31) क्यों जोड़ा प्यार का बंधन

सारा सावन बीत गया, बैठे हैं पलकें बिछाए।
विरह में सावन-से बरसे, नयन आँसू छलकाए।।

तुमसे अच्छी है याद तेरी, दिल में घर बनाए।
देकर मिलने की दिलाशा, जीवन-उम्मीद जगाए।।

आँखों में सजकर सपना, कहता रोना न कभी।
लाकर तस्वीर तेरी प्रिय, पल-पल मुझे दिखाए।।

लोरी सुना रात कहे सो जाओ सहेली आँखों री!
मैं भी सुनो तन्हा हूँ, खामोशी को गले लगाए।।

छिप गया चाँद बादल में, तड़फ़ा दिल किसी का।
आशा न छोड़ी चकोर ने, बैठा नयन को उठाए।।

दिन के उजाले, रातों के प्याले, सुलगाते ज़िस्म।
कैसे विरह में तपते रहें, कोई उन्हें ये समझाए।।

दूर ही रहना था "प्रीतम", फिर क्यों जोड़ा बंधन।
लुटा दिया तन-मन हमने, विश्वास का दीप जलाए।।

32) हिना रंग लाती है सूख जाने के बाद

सोना जेवर बनता है अग्नि में तप जाने के बाद।
इंसान संभलता है ज़िन्दगी में ठोकर खाने के बाद।।

हथेली पर सरसों कभी हरी नहीं होती मेरे, दोस्त!

रंग लाती है हिना भी, सुनिए सूख जाने के बाद।।

मुझे कभी दर्द का अहसास ही नहीं हुआ था!
बहुत रोया पर तन्हाई मैं तेरे दूर जाने के बाद।।

कभी न समझा मैं धोखेबाजी का रंज क्या है।
आज समझा हूँ अपनों से सज़ा पाने के बाद।।

बग़ल में छूरी मुँह में राम-राम रखते हैं लोग रे!
ये समझा हूँ दोस्तों से ही धोखा खाने के बाद।।

इस अविश्वास भरे दौर में विश्वास खोजने चला।
अपना आया नमक झिड़कने ज़ख्म खाने के बाद।।

"प्रीतम" कामयाबी में यहाँ दाद तो सभी देते हैं रे!
कोई हौंसला नहीं देता है क़दम लड़खड़ाने के बाद।।

33) वो बचपन की यादें

आज फिर याद आई, मुझे मेरे गाँव की।
वो बचपन की यादों की, वो पीपल की छाँव की।।

(1)

माँ की ममता के आँचल तले,
कितने लाड़ प्यार से हम थे पले।
दादी सुनाती थी परियों की कहानियाँ,
दादा के कंधे बने थे झूले।
वो बारिश का पानी, वो क़ाग़ज़ की नाव की।
आज फिर याद..................।

(2)

वो बात-बात पर, जिद्द करना याद आया।
माँ का मनाना, लोरियाँ सुनाना याद आया।
वो दोस्तों से लड़के झगड़के, उनसे कट्टी करना याद आया।
वो गुल्ली डंडा, वो कंचा खेलने के पड़ाव की।
आज फिर याद..................।

(3)

वो गुड्डे गुड़ियों की, शादी रचाना,
गुड़िया के रुठने पर, उसको मनाना।
मिट्टी के खिलौनों की, एक दुनिया बसाना,
आज भी याद है मुझे, वो बालू के टीले बनाना।
वो बापू के गुस्से पे, माँ की ममता की छाँव की।
आज फिर याद आई, मुझे मेरे गाँव की।
वो बचपन की यादों की, वो पीपल की छाँव की।।

34) क़िताबें

जब आदमी के हाथ में आती हैं क़िताबें।
तब आदमी को आदमी बनाती हैं क़िताबें।।

(1)

पढ़कर इन्हें कोई चाँद पर गया।
कोई डाक्टर तो, कोई इंज़ीनियर बन गया।
फ़र्श से अर्श की राह दिखाती हैं क़िताबें।
जब आदमी के.................।

(2)

पढ़कर इन्हें कोई क़लेक्टर बन गया।
कोई नेता तो, कोई एक्टर बन गया।
ज़ीरो से हीरो बनाती हैं बनाती हैं क़िताबें।
जब आदमी के.................।

(3)

पढ़कर इन्हें कोई वैज्ञानिक बन गया।
कोई शिक्षक तो, कोई सैनिक बन गया।
अँधेरे को उजाले का पथ दिखाती हैं क़िताबें।
जब आदमी के.................।

(4)

सच्चे दोस्त से बड़ा, खज़ाना नहीं होता।
इनसे बड़ा दोस्त भी, ये ज़माना नहीं होता।
बड़ी-बड़ी ख़ुशियाँ, घर लाती हैं क़िताबें।
जब आदमी के.................।

(5)

पढ़कर इन्हें कोई महाकवि बन गया।
कोई लेखक तो, कोई राष्ट्रछवि बन गया।
इनसे ही फिर क़िताबें, लिखवाती हैं क़िताबें।
जब आदमी के ....।

35) प्रीतिभोज

प्रीतिभोज का आयोजन, करता दिलों का समायोजन।
प्यार की बहारों से ही सदा, खिलता है नूर दिले-चमन।
प्यार से मिलना, रहना, हँसना, आनंद करता है उत्पन्न।
विश्वास की दीवार इंसानियत का घर करती है सम्पन्न।
दिलों का आकर्षण, एक-दूसरे के प्रति बढ़ता समर्पण।
यादों का उफ़ान लेता घर्षण, खिलाए है हृदय का कण।
भूल कभी किसी से हो, भूलो! दिखाओ स्नेह का दर्पण।
विशाल करो मन-कोना, दोस्ती का रहे बना अटूट-बंधन।
प्रेम सर्वोपरि, प्रेम आरंभ, प्रेम ही ये रिश्ता आख़िरी है।
प्रेम तत्त्व से बड़ा न कोई, प्रेम ही रिश्तों की हाज़िरी है।

चलो हृदय के समन्दर में, प्रेम के कमल खिलाएँ दोस्तों!
प्रेम-सुगंध बिखराते रहें, हम शत्रु को गले लगाएं, दोस्तों!
एक-दूसरे का सहारा बने, सबकी ख़ुशियाँ सरहाएँ दोस्तों!
रिश्तों के उद्यान सींचते रहें, मन का मैल हम हटाएँ दोस्तों!
आपने मान-सम्मान दिया, प्रेम से जो याद हमें है किया।
हम भी चले आए है प्रेम से, पुरानी यादों को ज़िन्दा किया।
ये यादें यूँ ही बनी रहें हमेशा, दिलों में हम सभी के तनी रहें।
जलते रहें दिल में दीप प्यार के, यादों की रोशनी मिलती रहे।

(शेर)

आपसे मिलकर दिल का कोना-कोना, यारो! शाद हो गया।
क़सम से! आज हृदय गद्गद, मन मिलन से आबाद हो गया।
फिर से संवरने लगी विरह में जली यादों की कलियाँ देखो!
विचार कमल-से खिले हैं, हरपल ज़िन्दगी का आबाद हो गया।

36) तेरी गली से गुज़रेंगे

तेरी गली से गुज़रेंगे तो तेरा प्यार देखेंगे।
तेरी शख़्सियत को आज़माकर यार देखेंगे।।

जानते हैं देख हमें दरवाज़ा बंद कर लोगे।
खटखटाकर फिर भी हम बार-बार देखेंगे।।

लबों से छूकर फूल फैंकना चाहे पत्थर तुम।

ज़ख्म खाकर भी हम कूचा-ए-यार देखेंगे।।

फूल गिरें झोली में ये नहीं मुकद्दर में हमारे।
तमन्ना लिए हैं दिल में मगर गुलज़ार देखेंगे।।

सूने घरों में लग जाते हैं जाले जानते हैं हम।
सूना छोड़कर फिर भी हम दिले-दरबार देखेंगे।।

इन्तज़ार है हर किसी को किसी न किसी का।
तेरे इन्तज़ार में पलकें बिछा "प्रीतम" यार देखेंगे।।

37) हद हो गई.........

सपनों की दुनिया में गुलाब खिलाए बैठे हैं लोग।
अपने ही घर में देखिए, आग लगाए बैठे हैं लोग।
इस कदर बेशर्म हैं सुनो! अपनी घिनौनी हरक़तों से,
पैसे ख़ातिर बेटी को, दाँव पर लगाए बैठे हैं लोग।।

सब रिश्ते-नाते झुलसते जा रहे, बेशर्मी की आग में।
उपासना सिसकियाँ ले रही, वासना खड़ी है शाद में।
गुरु-दक्षिणा में चेलियाँ, गुरुओं से शादी रचा रही हैं।
मैडमे भी सुना है शिष्यों पर, प्रेम-सुधा बरसा रही हैं।

अख़बार के फ्रंट पेज़ पर, साधु लड़की ले फ़रार है।
यह सुनकर माँ-बाप को, गर्मी में सर्दी का बुख़ार है।
पर हद पार कर बेशर्मी की, बाप ने सोचा ख़ुशी से।
अच्छा हुआ शादी के खर्चे से, बचने का ये विचार है।

पैसे के चक्कर में अपनों को, भुला देते हैं लोग यहाँ।
स्वार्थ के वशीभूत हो ठोकर, लगा देते हैं लोग यहाँ।
सुनलो! इस संसार में तो, बेशर्मों की पूजा होती है।
सीधे-साधों को तो खड़े-खड़े, चूना लगा देते हैं यहाँ।

कुछ लोग गर शरमशार हैं, तो देश का क्या होगा।
खरबूजे को देख खरबूजा, रंग बदलता सुना होगा।
ऐसी हवाएं चल रही हैं, जिसमें बेशर्मी की बू आती।
ऊँट किस करवट बैठेगा "प्रीतम" तुझे भी पता होगा।

38) वो अभागन.......माँ

काँटों के बिस्तर पर काटा जीवन,
धूप का मातम तन झुलसाता रहा।
पाला-पोषा हृदय-स्नेह से सींचा,
वो बेटा हाथ हिलाकर जाता रहा।
परिश्रम की आँखों में सपने पाले,
करुणा-कलित ममता पलती रही।
आशा की नाव ले जीवन-सागर में,

स्नेह की लहरों से ही छलती रही।
कंकालों के पड़ाव में शामिल हुई,
तन में मांस का दीदार नहीं था।
रुह चीखती जिसकी रेगिस्तान-सी,
जीवन में संतान का प्यार नहीं था।
कोखे-फूल से सुगंध-झोंका न आया,
वक़्ते-आँधी ने वो मंज़र फिर सजाया।
आँचल मिला न मिली अभागन-काया,
उसदिन माँ-ममता को बेटा रोने आया।
धिक्कार! उस पूत को, जिसके हृदय में,
माता-पिता का बसता है क्यों प्यार नहीं।
वह पूत ही क्या कहलाए जो वक़्त पर,
बनता है माँ-बाप का रे एक मद्दगार नहीं।
वो अभागन "प्रीतम" जिसको पूजना चाहिए,
उसका होता क्यों हृदय से सत्कार नहीं।

39) जैसी करनी वैसी भरनी

सूरज ने विदाई ली, रात सजकर आ गई।
चाँद मुस्क़राने लगा, तारों को हँसी आ गई।।

(1)

आँखें सपने सजाने लगी, नींद जब आने लगी।
मीठे-मीठे सपनों से, रात गौरी बहलाने लगी।

दुःख के बादल छट गए, सुख की सांसें आ गई।
चाँद मुस्कराने................।

(2)

सपने में हम स्वर्ग गए, देख अति प्रसन्न हुए।
सिंह, गाए एक घाट, पानी पीने में हैं मग्न हुए।
देखकर नज़ारा ये भैया! आँखें श्रद्धा से नम हुई।
चाँद मुस्कराने...................।

(3)

सपने में हम नरक गए, देख अति दुखी हुए।
न था भाईचारा वहाँ, लोग आपस में झगड़ रहे।
देखा उनका जो रोना-धोना, दयादृष्टि बरस गई।
चाँद मुस्कराने................।

(4)

सपने में यम से मिले, मिलकर ये प्रश्न किया।
स्वर्ग-नरक में भगवान, इतना क्यों अंतर किया?
यम बोला सुन बेटा! अच्छे-बुरे कर्मों की गति यही।
चाँद मुस्कराने...................।

40) आज की शख़्सियत

देश की हालत देखकर ज़मीं पांव से निकल गई।
यूँ हुआ घायल मैं ज्यों छूरी ज़िग़र पर चल गई।।

(1)

घोटालों का बाज़ार गर्म है,
अख़बारों में ये समाचार गर्म है।
चारों ओर मची लूट-खसोट यहाँ,
मेरा भैया यह विचार गर्म है।
अन्तर्मन के आइने में झांकों,
देखोगे कौन कितना बेशर्म है।
लाज शर्म खूँटी पर टांग इंसानियत किस डगर गई?

(2)

हर दफ़्तर में रिश्वतख़ोरी है,
मुँह उठाए गुण्डागर्दी, चोरी है।
भ्रष्टाचार का यहाँ नगर बसा है,
झूला-झूल रही देखो बलात्कारी है।
ईमानदार वह, जिसे मौका नहीं,
मौका मिला, ईमानदारी छिछौरी है।
रहमदिली का गाँव छोड़ शख़्सियत किस नगर गई?

(3)

कालाबाज़ारी का रंग चढ़ा है,
इंसान के हाथों इंसान लुट रहा है।
क्या खाक़ बन गई है इंसानियत,
इंसान धर्म, जाति, क्षेत्र में बट रहा है।
पंचतत्त्व हैं और लाल लहू है, फिर-
क्यों इंसान-इंसान से कट रहा है?
दया, प्रेम को त्यागकर दिलों में नफ़रत है भर गई।

(4)

मुँह फेर लेते लोग देख क़त्लेआम,
रिश्ते-नातों के भी लगने लगे हैं दाम।
रात की दुल्हन सुबह बेवा हो जाती,
ज़िस्मफ़रोशी का मिलता यही ईनाम।
काश! प्रेमभरा हो यहाँ हरदिल में "प्रीतम",
ख़ुशियों से महक उठे हर सुबह-शाम।
दीप जलाए हूँ आशा के अगर किसी की नज़र गई।

41) देती है मज़ा फिर जीत

मेरी जान ले ले चाहे प्यार की ख़ातिर।
बस एकबार मुस्क़रादे यार की ख़ातिर।।

अर्श पर देख सूरज कैसे चमक रहा।

खुद को जलाकर संसार की ख़ातिर।।

चारों दिशाओं में फैली है ख़ुशबू यार।
फूल हँस रहें हैं गुलज़ार की ख़ातिर।।

दिनभर जला है हिज्र में दीवाना सुन।
चकोर ये चाँद के दीदार की ख़ातिर।।

चार दिन की चाँदनी फिर अँधेरी रात।
क्यों बैठा उदास तू तक़रार की ख़ातिर।।

ज़िन्दगी नदिया सुख-दुःख किनारे हैं।
कर सफ़र सागर के प्यार की ख़ातिर।।

हारकर बाजी "प्रीतम" सीखले तू जीतना।
देती है मज़ा जीत फिर हार की ख़ातिर।।

42) आँचल संभाल कर चलना

आँचल संभाल कर चलना हवाएँ तेज़ हैं।
कमसिन उम्र की होती ये अदाएँ तेज़ हैं।।

कलियों की रुत पर, भ्रमरों की नज़ाकतें।
आने लगी हैं सुनिए, सरेआम ये शिकायतें।

नज़रें बचाकर चलना यहाँ बेवफ़ाएँ तेज़ हैं।
कमसिन उम्र की...............

अश्क़ों के मोती ये, बह न जाएँ इश्क़ में।
लाज का पर्दा लोग, उठा न पाएँ इश्क़ में।
जवानी की आग-सी फैलें अफवाहें तेज़ हैं।
कमसिन उम्र की...............

मुश्क़िल बहुत है इश्क़ की राह में चलना।
आसान बहुत है मगर यार प्यार ये करना।
ज़ालिम इस इश्क़ की होती सज़ाएँ तेज़ हैं।
कमसिन उम्र की...............

दर्दे-इश्क़ की दवा नहीं मिलती है कहीं भी।
बेवफ़ा को पर वफ़ा नहीं मिलती है कहीं भी।
सच्चे इश्क़ की तो होती तपस्याएँ तेज़ हैं।
कमसिन उम्र की...............

(एक शेर)
इश्क़े-उफान अगर दिल में कभी उठे।
संभाले न संभले और दिल मचल उठे।
कलेजा तुम पत्थर का कर लेना "प्रीतम"
शीशे के दिल बहुत यहाँ बिखरे और टूटे।

43) कमसिन उम्र है

कमसिन उम्र है इतना मुस्क़राया न करो।
जुल्फ़ें छत पर जाकर सुलझाया न करो।।

पड़ोसियों की नज़रें अच्छी नहीं समझो।
इतना विश्वास किसी पर जताया न करो।।

हम तो हितैषी हैं ज़रा विश्वास तुम करो।
शक की नज़र हमें तुम लखाया न करो।।

होठों की बिजलियाँ कड़कती हैं जब भी।
दुपट्टे की ओट में तुम छिप जाया न करो।।

इश्क़ की आग जलाके ज़िगर रख देती है।
मेरी सलाह को कभी तुम ठुकराया न करो।।

जवानी का उफान दूध-सा होता है सुनिए।
शब्र का जल तुम इससे बचाया न करो।।

"प्रीतम" दिल की लगी दिल्लगी होती है यार।
इसे प्यार की गिरफ़्त में तुम लाया न करो।।

44) आइना

मेरी रात बीती है हादसे की तरह से।
टूटा बिखरा हूँ मैं आइने की तरह से।।

क़ातिल बच गया सबूत बटोरकर यार।
सच गाता रहा कोई नग़में की तरह से।।

तेरी तस्वीर मैंनै बसाए रखी आँखों में
बाकी बह गया सब अश्क़ों की तरह से।।

मैंने पुकारा पर तूने सुना ही नहीं कुछ।
मैं बकता रहा सब पगले की तरह से।।

ज़िन्दगी ग़मगीन ऐसी हुई मेरी, सुनले।
बिछड़ा काफ़िले से कोई जिस तरह से।।

पत्थर मैं नहीं भगवान हो गया है यार।
देखता रहा जो ज़ुल्म बावरे की तरह से।।

पसीने की जगह ख़ून बहा देता मैं सुन।
पुकारता कोई मुझे अपने की तरह से।।

हमने चाहा जिसे वो एक बेवफ़ा निकला।

बदल गया मौके पर गिरगिट की तरह से।।

खुदा माफ़ न करे गलती मेरी या उसकी।
भूल जाऊँगा सब मैं सदमें की तरह से।।

राहों में फूल-काँटे दोनों ही मिल जाते हैं।
डरें क्यों हम किसी कायर की तरह से।।

"प्रीतम" प्यार एक रब का सच्चा है सुनले।
और सब झूठे हैं किसी सपने की तरह से।।

45) प्रीत का झूला

हुश्नो-शबाब से दिल मेरा, वो चुराके चली गई।
अपनी मीठी बातों से, वो बहलाके चली गई।।

फुरसत में तराशा हुआ पूरनूर बदन क़सम से।
लता-सी बलखाके दिल वो लिपटाके चली गई।।

पास आकर यूँ बैठना, जैसे ख़ुदा मिला हो मुझे।
अपने प्यार के रंग में इतना, वो डुबाके चली गई।।

वो खिलखिलाकर हँसना, मचलकर बातें करना।
ज़ालिम अंदाज़े-वफ़ा से, वो लुभाके चली गई।।

हम सौ-जान से मरने लगे, क्या ख़्याल है आपका।
मेरे इस सवाल पर बस, वो मुस्क़राके चली गई।।

मैंने पूछा ए-चाँद कहाँ से, पाया ये रूप सलौना।
सुनकर यह मेरे पास से, वो शरमाके चली गई।।

दाँतों तले दबाके दुपट्टा, वो शरमाके बातें करना।
इसी कमसिन अदा से, वो दिल उड़ाके चली गई।।

तिरछी नज़र से देखा उसने, दाँतों तले दबा ऊँगली।
फिर चाँद-सी हँसी वो, इश्क़े-फूल बरसाके चली गई।।

यूँ तन्हा गुमसुम कहाँ खोया, है आज यार मेरे तू।
"प्रीतम" प्रीत का झूला तुझे, वो झुलाके चली गई।।

46) चाहे दुश्मन हो जाए सारा आलम

नाज़ो-नखरे भी सहके तेरे हमदम।
हम फिर भी तेरे साथ हैं हरक़दम।।

गुस्से में वाज़िब है तेरा क़हर ढ़ाना।
पर सूर्य भी शाम को होता है नरम।।

तेरे दर आया हूँ न जाऊँगा खाली।
जिद्द के आगे टूटते देखें मैंने भ्रम।।

तेरे कूचे की आबो-हवा भी देखी।
उठते ही नहीं यहाँ पड़े जो क़दम।।

निग़ाह कर प्यार की मेरी ओर भी।
बुरे तो नहीं किए कभी हमने कर्म।।

चालो-चलन के हैं अच्छे सब कहते।
देख लो आज़माकर तुम भी सनम।।

राहे-वफ़ा में दग़ा न देंगे हम कभी।
खाते हैं सरे-महफ़िल ये तेरी क़सम।।

समुद्र न तालाब बनकर देखो कभी।
शेर भी सिर झुका जल पिये हरदम।।

हौंसले ही मंज़िल-मिलन तय करते।
भ्रम तो देते जाते हैं भ्रम पर भ्रम।।

पकड़ हाथ छोड़ा नहीं करते "प्रीतम"!
चाहे दुश्मन हो जाए ये सारा आलम।।

47) ये दिल की बात है

दिल की बात लब पर आती नहीं।
बिन कहे भी रूह चैन पाती नहीं।।

कैसे रहें, कैसे जिएं, जीना दुश्वार हुआ।
खोये-खोये रहते हैं, जब से प्यार हुआ।
दिन ढ़ल जाता तो शब जाती नहीं।
बिन कहे भी..............

हथेली पर लिख नाम तेरा चूम लेते हैं।
अश्क़ प्यार के पी नशे में झूम लेते हैं।
पैग़ाम हवाएँ तेरे दर से लाती नहीं।
बिन कहे भी..............

हाल हो गया है अब दीवानों की तरह।
जलते हैं शम्मा पर हम परवानों की तरह।
आती हैं यादें दिल से जाती नहीं।
बिन कहे भी...............

कितनी बार गुज़रे हम उनके क़रीब से।
कह कुछ न पाए रहे देखते रक़ीब से।
दिल की बात दिल तक जाती नहीं।
बिन कहे भी...............

48) साहिल

दोनों किनारे डूब गए दिले-दरिया तूफ़ानी में।
ऐसी विरह की चोट लगी इस भरी जवानी में।।

सावन बदली घिर-घिर बरसे रस्ता देखे साजन।
कैसे कटेगी रात हिज्र की इस भरी जवानी में।।

नागिन-सी रात अँधेरी मुझे डसने को है आए।
धक धक धड़के दिल मेरा इस भरी जवानी में।।

ये बारिश का पानी है या अश्क़ गिरे ज़मीं पर।
आँखों का समंदर बह गया इस भरी जवानी में।।

इस ओर तड़फती हूँ मैं उस ओर मेरे साजन।
दोनों ओर लगी आग बराबर इस भरी जवानी में।।

इंतज़ार की हद से गुज़र कैसे बसर करूँ ज़िन्दगी।
अस्थियाँ ज़िगर की जलती हैं इस भरी जवानी में।।

"प्रीतम" तेरे हिज्र में धड़के दिल ज्यों दरिया का
पानी।
साहिल कहीं नज़र न आए इस भरी जवानी में।।

49) लचकी डाली

झर गया फूल, जो लचकी डाली।
कोई नहीं है यहाँ, ग़म से खाली।।

तू कहे मेरा कसूर, मैं कहूँ तेरा।
एक हाथ से पर, बजे न ताली।।

सारा जग अपने दुख में है रोए।
हँसती है रात पर, सदा तारोंवाली।।

मन में राज दबे हैं, यहाँ सभी के।
कोई कह दे, कोई करे रखवाली।।

अपना माल सभी को प्यारा लगे।
दूसरे को हँसकर, दे देता है गाली।।

अपनी भूल दबाना चाहें हैं सभी।
दूसरे के लिए बने फिरें सवाली।।

एकपल की ख़ुशी दो पल का ग़म।
न तुम न हम हैं ग़म से खाली।।

लाख संभाला पर बिखर ही गयी।

टूटकर हसरते-माला ख़्यालों वाली।।

अपनी कमियाँ न बता किसी को।
सुनकर हँसेगी दुनिया है धोखेवाली।।

प्रीतम आओ गले लगा लो हँसकर।
महक उठेगी दिले-बगिया फूलोंवाली।।

50) दिल जलता है धुआँ उठता नहीं

आज दिल मेरा कहीं भी लगता नहीं।
तेरी यादों में उलझा है निकलता नहीं।।

मर्ज़ क्या है?कैसे बताएँ हम किसी को।
दर्द ऐसा मिला है हमें जो ढ़लता नहीं।।

दोस्तों की बज़्म में हैं फिर भी उदास।
वज़ह क्या है कि चेहरा खिलता नहीं।।

चाँद भी है न जाने क्यों शरमाया हुआ।
बादल के घूँघट से आज निकलता नहीं।।

शायद ये फूल भी मुर्झाएँ हैं इसलिए कि।
बहारों को पता चमन का मिलता नहीं।।

हमें देखकर आज वो हँसते हैं बहुत ही।
हमारा दिल जलता है उनका जलता नहीं।।

वक़्त की ये बात है धूप-छाँव न हाथ है।
धनुष से निकला तीर कभी थमता नहीं।।

हसरतें मेरी जली हैं धू-धू हिज्र में उसके।
सिला वो मिला है वफ़ा में संभलता नहीं।।

वफ़ा की राहों में फूल भी हैं काँटे भी हैं।
किसकी क़िस्मत में क्या पता चलता नहीं।।

दिल की दुनिया में आग लगी है "प्रीतम"।
दिल जलता है मेरा और धुआँ उठता नहीं।।

51) अपना-अपना नज़रिया

दिल दिया जिसको हो गया रक़ीब।
वो राजदां था दिल के बहुत क़रीब।।

भुला दिया हमें क़समें-वादे तोड़कर।
अर्श से गिरा टूट मेरा तारा-ए-नशीब।।

कौन जाने किसी को बिन आज़माए।
परीवश होते हैं दिल के कितने ग़रीब।।

ख़ुश है दीवाना होकर चाँद का चकोर।
वो बेचारा न जाने है कितना बदनशीब।।

आँखों में फ़रेब का समन्दर बसाए हुए।
मिला था हमें भी एक बेवफ़ा अज़ीब।।

कर्मे-सिला है नेकी और रुसवाई मियाँ।
ख़ुदा खैर करे उनकी न जाने तहज़ीब।।

बेवफ़ाई कर वफ़ा की उम्मीद न करना।
जैसी करनी वैसी भरनी है यहाँ साहिब।।

ज़िन्दगी में फूल चाहिए या काँटें दोस्त।
मिले वही है यहाँ जैसी मन की तरक़ीब।।

सिला मुहब्बत का मुहब्बत ही कर यकीं।
आम की गुठली आम उगाए है मुख़ातिब।।

"प्रीतम" चाँद को देखे चाहे कोई दाग़ को।
अपना-अपना नज़रिया है अज़ीबो-ग़रीब।।

52) आज मिलके उनसे

आज मिलके उनसे ख़ारो-ग़म निकल गये।
बदले-बदले उनके मिज़ाज़ हमें बदल गये।।

कुछ ऐसी हसरत भरी निग़ाह से देखा हमें।
बंद दिल के दरवाज़े उसी वक़्त खुल गये।।

उठा ली क़सम राहे-वफ़ा में दग़ा न करेंगे।
इस नेक वादे पर मेरे जानेमन मचल गये।।

चाह थी बादलों से देखें ईद का चाँद हम।
देखा उनका चेहरा तो इरादे ही टल गये।।

इरादे अटल हों तो आसमां छू ले इंसान।
हौंसले वाले पर्वतों को चींटी-सा मसल गये।।

उनसे मिलकर सफ़र कुछ आसान हो गया।
सुख-दुख समझ सके वो हमदम मिल गये।।

फूल-ख़ुशबू-सा साथ निभाएंगे क़सम ली है।
इश्के-बहार को दिले-चमन के रास्ते मिल गये।।

दिले-मंदिर में आरज़ू के दीप ऐसे जलाएं हैं।

देखकर मंज़र हवाओं के भी दिल खिल गये।।

इश्क़ की आग बराबर ऐसी लगी दो दिलों में।
ज़माने के रस्मो-रिवाज़ भी हैं आज जल गये।।

"प्रीतम" आज तेरे चेहरे पर रौनक आ गयी है।
लगता है ज़िन्दगी से दिल के ग़म धुल गये।।

53) छूकर तेरी यादों को

इस तरह से अपने ग़म को छिपा लेते हैं हम।
दिल तेरा रखने को यार मुस्क़रा लेते हैं हम।।

तुझे हँसता हुआ देखें हरपल यही है तमन्ना।
तू जहाँ रखे क़दम वहीं जान बिछा देते हैं हम।।

तू कहे जो चाँद-सितारे भी तोड़ लाएँ हमदम।
तेरी हसरतों को खुद से ज़्यादा वफ़ा देते हैं हम।।

तुम हो क़रीब दिल के कितना कैसे बताएं।
गिरे माथे से पसीना वहीं ख़ून बहा देते हैं हम।।

यादों के सागर में प्यार के मोती मिलते हैं।
छूकर तेरी यादों को दिल में बसा लेते हैं हम।।

आँखों में रहे सदा तेरे प्यार का मंज़र सनम।
ये सोचकर इंतज़ार में पलकें बिछा देते हैं हम।।

झुकने से रिश्ता बच जाए तो अच्छा ही है।
इस फलसफ़े पर दिल से सिर झुका देते हैं हम।।

प्यार सच्चा ज़िन्दगी में एक बार मिले सुना है।
इस बात को दिलसे हरबार लगा लेते हैं हम।।

"प्रीतम" तेरा दीदार ख़ुदा से कम नहीं हमारे लिए।
इन आँखों में हरपल ख़्वाब तेरा बसा लेते हैं हम।

54) घर संसार की बातें

आओ सिखा दूँ मैं, कुछ व्यवहार की बातें।
याद हमेशा तुम रखना, अपने यार की बातें।।

माता-पिता की सेवा और सब धर्मों का मान।
गुरुजनों का आदर करना, हैं संस्कार की बातें।।

जीवन में ख़ुशियाँ भरना, मिलना और सँवरना।
ये सब सिखाते हैं बंधु, तीज-त्योहार की बातें।।

हिंदू, मुस्लिम, सिक्ख चाहे हो कोई इसाई भैया।
मिलजुल रहें धरा पर, करें बस प्यार की बातें।।

वादे करना जनता से, करके फिर भूल जाना।
शोभा नहीं देती हैं ये, किसी सरकार की बातें।।

मैदान में जो उतरते हैं, करते हैं जीवन-संघर्ष।
वो नहीं करते कभी भी, जीत-हार की बातें।।

लड़ना झगड़ना तो बंधु, है घाटे का एक सौदा।
क्यों करते हो फिर तुम, तीर-तलवार की बातें।।

माता-पिता, गुरु का, कहना कभी न टालो तुम।
ये सब कहते हैं भैया, लाख-हज़ार की बातें।।

पहले तोलो फिर बोलो, जग में मान बढ़ेगा।
फल मीठा देती हैं ये, सद् व्यवहार की बातें।।

क्यों रुठे हो "प्रीतम", आओ गले लग जाओ।
आज होंगी जी-भरके, मोहब्बत-प्यार की बातें।

55) नज़र से नज़र मिली

नज़र से नज़र मिली प्यार हो गया है।
इश्क़ में दिल गंगा की धार हो गया है।।

सजने लगे सपने दिल में रे मिलन के|
फूल को ज्यों दीदार-ए-बहार हो गया है।।

चाँद ने रख ली रात की लाज ऐसे सुनो।
चाँदनी का दर्रे-दर्रे में ख़ुमार हो गया है।।

लहरों ने मचलके किनारे भिगो दिए हैं।
मिलना मानो उनका श्रृंगार हो गया है।।

दीप जले दीवारे-दिल की दहलीज़ पर।
रोशनी को जैसे इश्क़े-बुख़ार हो गया है।।

हीरे की चमक तर-बतर कर गई हाय!
दिल किसी पर जैसे निस्सार हो गया है।।

मौसम ने दिल को दीवाना बना दिया है।
तेरा चेहरा देखना इख़्तियार हो गया है।।

इश्क़ में जान की परवाह नहीं अब तो।

तेरा ख़्वाब ही परवर-दिग़ार हो गया है।।

तेरे साथ जीना मरना तय कर लिया है।
तेरा मेरा दिल अब फूल-डार हो गया है।।

"प्रीतम" तेरी गलियाँ जीवन की धूप-छाँव।
मिलन अख़बारे-दिल में समाचार हो गया है।।

56) हमनें रिश्ता जोड़ लिया...

हमने रिश्ता जोड़ लिया, तेरी सीरत देख के।
देखो खफ़ा न होना तुम, मेरी सीरत देख के।।

दिल में उठे सवाल कहीं, ख़ंजर-से न चुभ जाएं।
राज छिपाना छोड़ दिया, तेरी सीरत देख के।।

दिल की ये हसरतें कहना, कोई ग़ुनाह तो नहीं।
वफ़ा-ए-पर्दा खोल दिया, तेरी सीरत देख के।।

हम दिल के थे नरम बहुत, चाहे ऊपर से गरम।
गर्मी खाना छोड़ दिया, तेरी सीरत देख के।।

तन्हा रहना खलता है, साथ तुम्हारा चाहिए।

आहें भरना छोड़ दिया, तेरी सीरत देख के।।

57) प्रेम की गंगा

तेरा चेहरा है ये मानो प्रेम की गंगा।
तुमसे मिल मेरा दिल हो गया चंगा।।

तू मेरे हृदय की चाँदनी चन्द्रमुखी-सी।
पाकर जिसे पा गया में चाहत-उमंगा।।

तू धड़कन में धड़का करे सुबह-शाम।
हिलोरे ले काशी में बहकर ज्यों गंगा।।

विरहाग्नि सुबह मिलकर शांत हुई, प्रिया!
दिल ने रातभर किया, सुन! मुझसे दंगा।।

दिल रोया रातभर तेरी याद ले लेकर के।
स्वप्न में चली कहानी तेरी भरकर तरंगा।।

क़सम प्यार की मैं जीऊँगा तेरे ही लिए।
ज़माना कर दे चाहे मेरी जान का पंगा।।

मौत का फरमान लेकर आया जब कुटुंब।
मैंनें भी रख दिया दिल सामने कर नंगा।।

"प्रीतम" तेरी प्रीत क्यों मैं छोड़ दूँ डरकर।
फूल-दिल में रही ख़ुशबू बन सदा संगा।।

58) कमबख़्त! दिल की वेदना

दिल को तेरी हाज़िरी अच्छी लगे।
नज़र प्यार में सिरफिरी अच्छी लगे।।

तू मुस्क़रा बाहों में आ जाओ ज़रा।
तेरी ये दिल की बहादुरी अच्छी लगे।।

क़सम से तुझे दिल से चाहा है मैंने।
तुमसे मिलने की सौदागरी अच्छी लगे।।

फ़िदा दिल का इरादा नेक है सनम।
तेरे प्यार की जल्वागिरी अच्छी लगे।।

ज़रा मेरे हुस्न को देख जी भर के तू।
तेरी आह यह निग़ाहभरी अच्छी लगे।।

आँखों से शबनमी शाम देखूँ मैं जीभर।
तेरे हुस्न से भरी ये गागरी अच्छी लगे।।

"प्रीतम" तेरे प्यार के दरिया में बह जाऊँ।
आज मौत भी है मेरा मुझे भागरी लगे।।

59) तुम से मिलके दिल

तुम से मिलके सनम दिल पागल दीवाना हो गया।
तेरे प्यार में जानेजाना हरपल अफ़साना हो गया।।

तू मिले मिलकर संवर जाएं फूल
-ख़ुशबू से सनम हम।
प्यार के फलसफ़े हमारे दोहराएं
आने वाले दीवाने हमदम।
हमारे प्यार का सीख देनेवाला नज़राना हो गया।

इन धड़कनों में दर्द तेरा ही धड़का
करे पलपल मेरे हमनवां।
तुझे पाकर सफल हो कारवां ज़िन्दगी
का मेरे दिल के राजदां।
मेरी नज़रों में तेरी नज़रों का पैमाना हो गया।

हम-तुम मिलें ज़माना जले तो जले
प्यार का सफ़र बढ़ता रहे।
सूरज की तरह ओ सिरताज़ मेरे सनम
रोशनी दिल की गढ़ता रहे।

मेरी जुबां पर तेरा अब तो गान गाना हो गया।
तेरे प्यार में....................

60) बुलबुल छेड़ तराना कोई

बुलबुल छेड़ तराना कोई।
मैं भी लिखूँ अफ़साना कोई।।

इतना सुहाना मौसम आया।
कैसे न हो जाए दीवाना कोई।।

फूलों ने खिल हँसना सिखाया।
है बहारों जैसे नज़राना कोई।।

रोशन हो गए दीप दीवारों पर।
शम्मा में जला परवाना कोई।।

कूकी हैं कोयलें कदम पर बैठ।
आया जैसे सावन सुहाना कोई।।

कदम -आहट सुन चौंकी गौरी।
दरवाज़े पर आया दीवाना कोई।।

"प्रीतम" आज मैं हूँ ख़ुश बहुत।

भूलकर दर्दे-दिल पुराना कोई।।

61) अ दोस्त मेरे....दूर क्यों बैठा है तू

अ दोस्त मेरे, दूर क्यों बैठा है तू
पास आ, कोई बात तो कर ले।
ये दिल है तेरा..........
मुलाक़ात तो कर ले।

(अंतरा-1)

अपनो से क्या नाराज़गी, गिले-शिकवे करना।
दिल से मिला दिल, तू दिल में....उतरना।
तन्हा है मेरा दिल...............
तू साथ तो करले।
पास आ कोई बात तो करले।

(अंतरा-2)

इंतज़ार की सब हदें, पार कर चुका है दिल।
क़सम ख़ुदा की तुमपर, दिलो-जां से मर चुका है
दिल।
अब कैसे हो सब्र...............
तू ख़्यालात तो करले।
पास आ कोई बात तो कर ले।

(अंतरा-3)

अंबर में हैं चाँद-तारे और सागर में है पानी।
इस दिल में तो है बस, तेरी ही एक कहानी।
उतर दिल के काशाने में............
मालूमात तो कर ले।
पास आ कोई बात तो कर ले।
ये दिल है तेरा.........
मुलाक़ात तो कर ले।

62) प्रीत मन से मन की

अनुराग झरे नयन से, पुष्प हँसें तेरे लब पर।
चन्द्रमुख से है उजाला, मेरे जीवन-शब पर।।

हम मिले, मिलकर चले, प्रेम पथ पर प्रिया!
नाम चमका इश्क़ में यूँ, ज्यों चाँद नभ पर।।

तोड़कर रीतियाँ, हमने बनाई हैं प्रीत-नीतियाँ।
देता है दुवाएं ये ज़माना, इस प्यार ग़ज़ब पर।।

लैला-मंजनू, हीर-रांझा, शीरी-फ़रहाद की तरह।
हम चाहे एक-दूसरे को, प्यार दिल में मथकर।।

फूल-ख़ुशबू से मिले, इश्क़े-आतिश में हैं जले।

कसमें-वादे नेक कर, खड़े हम प्रेम-सरहद पर।।

प्रीत "प्रीतम" की अनूठी, हर्षाए, मनभाए जन-2।
इंद्रधनुष निकला हो ज्यों गगन में सजधज कर।।

63) चिरागे-मुहब्बत जलाकर देखिए

हाथ से हाथ ज़रा मिलाकर देखिए।
इंसानियत का गुल खिलाकर देखिए।।

ज़िन्दगी किस तरह से संवरती है।
चिरागे-मुहब्बत यार जलाकर देखिए।।

परहित को दिल में पनाह दीजिए।
गिरतों को ज़मीं से उठाकर देखिए।।

अपने लिए तो सभी जी लेते हैं।
दूसरों को भी अपना बनाकर देखिए।।

सूरज जलता संसार को रोशनी दे।
सूरज-सा खुद को जलाकर देखिए।।

स्वार्थ से निकल परमार्थ सीख ले।
फलसफ़ा ज़िन्दगी में अपनाकर देखिए।।

"प्रीतम" प्रीत की दुनिया ख़ुशियाँ देती।
इस दुनिया से बंधन बनाकर देखिए।।

64) मिलकर मुस्क़रा दीजिए

मेरे प्यार का यूँ सिला दीजिए।
मिलकर दिल से मुस्क़रा दीजिए।।

आँखों में मुहब्बत का ज़श्न हो।
कभी भूलकर भी न ग़िला कीजिए।।

प्रेम से मिलना, प्रेम से रहना है।
यूँ ही ज़िन्दगी का मज़ा लीजिए।।

गुल खिल सुगंध बिखराए पल-पल।
ज़िन्दगी में गुल-सा खिला कीजिए।।

प्रेम आनंद का आधार है मस्ती है।
दिल में बसा ख़ुशियां ज़मा कीजिए।।

क्या लाए तुम क्या लेकर जाओगे।
गीता का वचन ज़रा सोचा कीजिए।।

"प्रीतम" प्यार की पूंजी लेकर जाना।
नफ़रत को दिल से ज़ुदा कीजिए।।

65) गधे से वकील

मास्टर जी पढ़ा रहे थे, एक बच्चे पर चिल्ला रहे थे,
अरे मूर्ख पढ़ता नहीं है, खेला करता है।
तू मुझे जानता नहीं,
मुझे पहचानता नहीं,
मैं गधे को आदमी बना सकता हूँ।
नाकों चने चबवा सकता हूँ।
पास से कल्लू भाई जा रहे थे।
मास्टर जी की बात सुन पा रहे थे।
कल्लू भाई चौंके, मास्टर को जा टोके।
मास्टर जी! आप गधे को आदमी बना सकते हो।
क्या मुझ पर यह कर्म फ़रमा सकते हो।
मेरे पास भी एक गधा है।
उसे आदमी बना दीजिए।
मुझ ग़रीब पर कृपा कीजिए।
मास्टर जी बोले, ख़ुशी से डोले,
मैं तेरे गधे को आदमी बना दूँगा।
उसे रोजगार भी दिलवा दूँगा।
क़सम से! ज़िन्दगी बना दूँगा।
बस इतना-कर्म फ़रमा दीजिए।

गधे का एडमिशन करवा दीजिए।
एक साल बाद दर्शन दीजिए।
गधे को आदमी देख पाओगे।
रोज़गार में देख फूले नहीं समाओगे।
कल्लू भाई ने गधे का एडमिशन करवाया।
मास्टर जी ने गधा बेच खाया।
एक साल बाद कल्लू भाई स्कूल आया।
मास्टर को देख मुस्क़राया, लब हिलाया।
बोला मास्टर जी क्या मेरा गधा आदमी बनाया।
मास्टर जी मुस्क़राए और बोले-
आदमी क्या तेरे गधे को रोज़गार है दिलवाया।
कोर्ट में उसको वकील जो है मैंने लगवाया।
यह सुन कल्लू भाई फूला नहीं समाया।
उसके हृदय में ख़ुशी का फूल खिल आया।
उसने मास्टर जी से पूछा।
मैं उसे कैसे पहचान पाऊँगा?
कैसे उसे प्यार से गले लगाऊँगा?
मास्टर जी बाले कोर्ट जाना।
वकील को हरी घास दिखाना।
प्यार से आवाज़ फिर लगाना।
वह पुरानी हरक़त दोहराएगा,
आप उसे पहचान फिर जाना।
कल्लू भाई हरी घास ले पहूँचे कोर्ट में।
असंख्य वकीलों को देख चौंके कोर्ट में

हिम्मत कर एक वकील को घास दिखाई।
वकील ने गुस्से में आ जोर की लात जमाई।
कल्लू को गधे की पुरानी हरक़त याद आई।
गुस्से में भर बोला-
कमबख़्त, हरामी!
मैं हूँ तेरा स्वामी।
तू हो गया मुझपर ही आग-बबूला।
गधे से आदमी बनवा दिया,
वकील भी मैंने है लगवा दिया,
पर लात मारना अब भी नहीं भूला।
लात मारना अब भी नहीं भूला।

66) नाज़ों की दुनिया

सभ्य बनो, शिक्षित बनो, यही है नाज़ों की दुनिया।
ज्ञान के फूलों से महकती है समाजों की दुनिया।।

कुछ ऐसे कर्म करो कि दुनिया में नाम रहे अमर!
सजती रहे दुनियां में तुम्हारे अल्फ़ाज़ों की दुनिया।।

आप भला तो जग भला, अमल इस पर कीजिए।
चमक उठेगी ज़िन्दगी में वक़्त के तक़ाज़ों की दुनिया।।

वादा कर निभाना मुकर गिरगिट न बन जाना कभी।

यादें यही कहती हैं, इंसान के मिज़ाज़ों की दुनिया।।

"प्रीतम" तेरी प्रीत का कोना समन्दर से भी गहरा हो।
डूब जाए जिसमें फ़रेबियों के अंदाज़ों की दुनिया।।

67) आज फिर भी

जानते हैं वो मेरे दिल का हर राज फिर भी।
देख छिप जाते शरमाकर वो आज फिर भी।।

उनकी अदा का शौकीन हूँ मगर दाद न दूँगा।
वैसे ही कम नज़र नहीं, उनके नाज़ फिर भी।।

लबों से न सही, ख़त में लिख भेजें राजे-दिल।
सुन हँसी में टाल जाते हैं, दग़ाबाज़ फिर भी।।

मुझे चाहते हैं दिल से, आज़माते हैं नज़र से।
मासूक-फ़रेबी बनते, आशिक़ मिजाज़ फिर भी।।

नज़र में क़शीश है, दिल में अरमान असीम हैं।
वो कुछ न कहें समझ जाते हम राज फिर भी।।

रहस्य के मोतियों का खज़ाना प्यार है उनका।
खुद को ग़रीब कहते हैं, क्यों आज फिर भी।।

दिल लगाकर तड़फ़ाना अच्छा नहीं होता "प्रीतम"।
साहिल पर खड़े हैं हम, प्यासे आज फिर भी।।

68) घर से निकलकर देख लो

तुझे चाहते हैं कितना, दिल में उतरकर देख लो।
तेरे दीद की प्यासी आँखें, नज़रभरकर देख लो।।

सागर की गहराई का किनारे से अन्दाज़ा नहीं लगता।
तमन्ना गर मोती की है, मँझधार में उतरकर देख लो।।

प्यार की राह में, फूल भी हैं और काँटे भी हैं।
ख़्वाहिश गर फूल की है, काँटों पर चलकर देख लो।।

राम भी खाक़ छानते फिरे, सीता की खोज़ में।
हरक़दम पर रावण पहरा, नज़र जिधर कर देख लो।।

कूचे के हर मोड़ पर एक लैला नज़र आ जाएगी।
शर्त ये है मगर तुम, मंजनू-सा ज़िगर कर देख लो।।

छोड़ी थी लोक लाज मीरा ने श्याम नाम रटते।
चाहा जो मिला उसे, इतिहास के पन्ने पलटकर देख लो।।

"प्रीतम" तेरी प्रीत का चर्चा है आजकल गली-गली।
सुन लोगे अपने कानों, ज़रा घर से निकलकर देख लो।।

69) एक बात छोटी-सी

हम बताते हैं, ... एक बात छोटी सी।
फूलों की हँसी में है जो सौग़ात छोटी सी।।

जीवन में अँधेरा है तो उजाला भी होगा।
आएगी सुबह......है ये रात छोटी सी।।

मिलना और बिछुड़ना तो चलता ही रहता।
ऐसा कर्म कर दें.....रहे याद छोटी सी।।

अकड़े न रहे हम, मिले प्यार से हरदम।
जीवन पथ में है, ये मुलाक़ात छोटी सी।।

आशीष देते हैं....बनो चाँद सितारों में।
मिले चाँदनी की सबको लम्हात छोटी सी।।

सीने से लगालूँ मैं. आ जाओ पास ज़रा।
दिल में है सुलगती..ये ज़ज़्बात छोटी सी।।

जीवन पथ में कभी अपने की ज़रूरत हो।

"प्रीतम" है तुम्हारा...लिख बात छोटी सी।।

70) तुझे याद करते-करते

आँखों का समन्दर बह गया तेरी राह तकते-तकते।
तेरे दीद को तरसी हैं आँखें, हाय! आह भरते-भरते।।

देखते-देखते चाँद को सारी रात गुज़र गई।
आँखों में न आई नींद तुझे याद करते-करते।।

हमने कब चाहा था किसी से प्यार हो जाए।
आँखें चार हो गई यूँ ही सरेराह चलते-चलते।।

प्रिय! तेरी राहों में पलकें बिछाए बैठे सब्र में।
वक़्त मिले तो दीदार देना कभी गुज़रते-गुज़रते।।

चाहत कभी जवां होगी, प्यार की इम्तहां होगी।
आएगी सुबह हसीं ज़िन्दगी में रात ढ़लते-ढ़लते।।

"प्रीतम" तेरी प्रीत ख़ातिर रीत ज़माने की तोड़।
चली हूँ तुझे रीझाने उलहानों में जलते-जलते।।

71) सरकार तुम्हारी आँखों में

सजा है जन्नत का दरबार तुम्हारी आँखों में।
खोया हुआ हूँ मैं तो सरकार तुम्हारी आँखों में।।

कोई मंदिर, मस्ज़िद, गिरजा, गुरुद्वारों में खोज़े।
मुझे हो गया कुदरते-दीदार तुम्हारी आँखों में।।

पर्वत से ऊँचा, सागर से गहरा है दोस्त मेरे!
फैला ये प्यार का विस्तार तुम्हारी आँखों में।।

कौन अपना-पराया, ऊँचा-नीचा है मन-मंदिर।
सबसे समदृष्टि का व्यवहार तुम्हारी आँखों में।।

सपने में देखा न जिसकी थी हाथों में ही रेखा।
मिला सानिध्य का वो सार तुम्हारी आँखों में।।

कर्म सर्वोपरि, विजय सच्चाई को है सदा मिली।
बुराई का वस्त्र रहा तार-तार तुम्हारी आँखों में।।

"प्रीतम" तेरी प्रीत जीवन की रीत बन गई अब।
देखता हूँ सुख-दुख का संसार तुम्हारी आँखों में।

72) देश के हालत

मेरे ख़्याल से ऐसे बिखरा है मेरा देश,
जैसे बच्चा क़िताबें इधर-उधर कर दे।
क़त्ल कर क़ातिल किसी शख़्स का,
ग़वाह-ए-वारदात से सज़ा मुख़्तसर कर दे।।
घटनाओं के मकड़ जाल में फंसा यूँ शख्स,
पापी पेट के वास्ते किसी का मर्डर कर दे।
धुंध आँखों में झोंक कच्ची कलियाँ रगड़ दे,
पैसे का लालच दे सच को बेनज़र कर दे।।
नेता रख लेते हैं घोटालों को दिल में सोच,
अरे! मेहमान घर से निकाले नहीं जाते।
हम तो खुद मौजूद हैं सबको ख़बर है,
कि खुद अपने आप से संभाले नहीं जाते।।
कुछ ऐसी शख़्सियत का तालमेल है हमसे,
पैसे के लालच में न्याय मंच संभाले नहीं जाते।
हो जाते हैं पैसे की आड़ में ज़िस्मों के सौदे,
इस देश से बुराई के धंधे है काले नहीं जाते।।
कसाई की दुकान लगती है ये दुनिया अब तो,
लोगों के होठों से ख़ून के प्याले नहीं जाते।
युक्तियुक्त स्मिरण कर बेईमानी को पचाते हैं,
स्वार्थी-तेल भर आत्मसिद्धि की ज्योति जलाते हैं।।
घृणा, द्वेष वैमनस्य के लायक ही रह गए हैं,
इज़्ज़त बंटाधार कर पानी की तरह बह गए हैं।

क्या करेंगे नवनिर्माण देश का इस देश का हाय!
कोई चारा ही नहीं बचा है यहाँ कुछ विशेष का।।
नैतिक मूल्यों को भी ज़मीं में ये रोड़ सकते हैं,
अपनी पर उतरें तो देश का भांडा फोड़ सकते हैं।
ये देश है और ये देश के हालात हैं गौर से सुनिए,
बड़े बुरे यहाँ इंसान ख़्यालात हैं और से भी सुनिए।।
काश! ऐसा तालमेल हिन्दू मुस्लिम सिक्ख ईसाई में हो,
देखें जब देश के हालाते-वारदात ईमानदारी से गर।
तो सब धर्मों के क़दम बस देश की भलाई में ही हों,
न टिक सकें यहाँ भ्रष्टाचार के साईक़्लोन गीला कर दें,
इतना दम बारिश की देशवासियों एक परछाई में हों।
क़ानून चलते रहें मर्सिटीज़ कार की तरह इतना पेट्रोल,
भारतीयों की शख़्शियत की सिर्फ़ यार अंगड़ाई में हों।

73) मुझे मार गए जानम ये तेरे बहाने

दिल को तड़फाते हैं, ये तेरे बहाने।
मुझे मार गए जानम, ये तेरे बहाने।।

मैंने कहा तुमसे, घर मेरे आ जाना।
ना-ना करने लगे पर, ये तेरे बहाने।।

मैंने कहा तुमसे, राह में मिल जाना।
देखेंगे सब लोग, कहें ये तेरे बहाने।।

मैंने कहा तुमसे, घर तेरे आ जाऊँ।
डर मुझे मम्मी का, कहें तेरे बहाने।।

मैंने कहा तुमसे, चलो भागें घर से।
हाय! बदनामी होगी, कहें ये तेरे बहाने।।

मैंने कहा तुमसे, क्यों प्यार किया तूने।
दिल बहलाना था, कहें ये तेरे बहाने।।

मैंने कहा "प्रीतम" दिल मेरा खिलौना नहीं।
बुरा मान गए तुम तो, कहें ये तेरे बहाने।।

74) इश्क़े-हक़ीक़त

ज़ुबां पर आया वो, सवाल अच्छा है।
दिल में उठा है जो, ख़्याल अच्छा है।।

हमने हँसकर उससे, दो बातें क्या की।
वो कहने लगे हमें, माल अच्छा है।।

इश्क़ तो परिन्दे की उड़ान है, दोस्त!
जिसको हो गया, उछाल अच्छा है।।

फूलों के ग़िरेबां में, काँटें भी होते हैं।
देखने में तो ग़ुल, लाल अच्छा है।।

कमान से निकला, तीर वापिस न आए।
जो बीत गया है वो, साल अच्छा है।।

आजकल क़दम ज़मीं पर टिकते नहीं।
लगता है जवानी में, उबाल अच्छा है।।

तन्हा बैठ सोचते हैं, हँसते हैं वो तन्हा।
इश्क़ में देखो ज़रा, कमाल अच्छा है।।

वो सजना, सँवरना सीख गए अब तो।
उनको देख आइने का, हाल अच्छा है।।

अदाओं से कहना, सुनना, समझना सीख।
हरपल मुस्क़राते हैं वो, ताल अच्छा है।।

हम जानते हैं इश्क़े-हक़ीक़त "प्रीतम।
जो बचा माँ का वो, लाल अच्छा है।।

75) भावना वेग

पत्थर है वह इंसान नहीं,
भावना का जिसके हृदय
में स्थान नहीं।
भाव-सरिता जिसके चित,
प्रवाहित होती रहती नित
रुकता न कहीं।

संवेदनशील चित में मद,
की खेती लहलहाती सद
फल मीठे लगें।
अर्श की राह निकले है,
झरनों-सा गिरे संभले है
भाग ज्यों जगें।

भावना नहीं यूँ पला है,
हाड़-माँस का पुतला है
राबोट की तरह।
जो मौसम-सा बदला है,
व्यर्थ का वो ज़ुमला है
गिरगिट की तरह।

इंसानियत हृदय-गहना,

प्रेमवेग में सदा बहना
स्वर्ग तुल्य होता।
फूल-सा सदा हँसना,
सबके हृदय में बसना
नैतिक मूल्य होता।

भावों का चमन खिला,
हाथ से हाथ तू मिला
प्रेमी बन सच्चा।
देना सीख लेना भुला,
मदरस सबको तू पिला
नेमी बन अच्छा।

76) एहतराम करता चलूँ

जो मिले राह में, एहतराम करता चलूँ।
सुबह हो या शाम, यह काम करता चलूँ।।

गले मिलूँ कभी निग़ाह में बसा लूँ दोस्त!
जो बने उस तरह से, काम करता चलूँ।।

दिल साफ़ है मेरा, आरज़ू भी पाक है।
प्यार से सभी को, सलाम करता चलूँ।।

कोई बोले या न बोले मैं बोलूँ सदा ही।
घमंड को चारों कोना नाकाम करता चलूँ।।

फूल हँसता, चाँद मुस्कराता, सूर्य रोशनी दे।
इनसे बढ़कर में जहाँ में नाम करता चलूँ।।

दंभ नहीं समभाव दिल में हिलोरे लिए है।
बेकार मैं क्यों ख़ुद को बदनाम करता चलूँ।।

इंसानियत रुह में अंगड़ाइयाँ लेती है अगर।
नफ़रत का मैं क्यों ज़ाम फिर पीता चलूँ।।

तसल्ली न सही ख़ुदा का विश्वास ही सही।
विश्वास में ख़ुद ही दुवा सलाम करता चलूँ।।

राह फूलों की हो या काँटों की मेरे हमदम।
ठहरूँ, चलूँ, दौड़ूँ, या मिट शाम करता चलूँ।।

कभी ख़ुशी, कभी ग़म, फलसफ़े हैं ज़िंदगी के।
मैं सफ़र में हर शै को सुकाम करता चलूँ।।

प्रीत मेरी प्रीतम से है, न ज़माने से सुनले।
दिले-रुतबा ये मैं दोस्त, आम करता चलूँ।।

77) राज दिलके

वो मिले भी न मिले मिलके।
कह पाए न हम राज दिलके।।

वो गुल खिला भी क्या खिला।
दे पाया न ख़ूशबू जो खिलके।।

फ़ासले आख़िर फ़ासले ही रहे।
क़रीब गर न आया वो चलके।।

उसके आने से बज़्मे-रौनक़ हो।
चाँद निकला ज्यों शाम ढ़लके।।

क़ुर्बान हो गया वो परवाना था।
रात शम्मा पर यार वो जलके।।

मुहब्बत का यही सिला मिला है।
खुल गए हैं भेद दिलसे निकलके।।

अपने ग़ैर हुए ग़ैर शेर हुए देखो।
मारने पहुँचे हमें इंसानियत तलके।।

किसका भरोसा, किससे गिला करें।

सब छलते हैं रूप बदल बदलके।।

फूलों से दोस्ती, काँटों से नफ़रत।
यही फ़लसफ़े हँसते हैं संभलके।।

वो नहीं मिलते गर तुम ही मिलो।
चलो पूछें "प्रीतम" हाल पल-पलके।।

78) दो बातें सुनके जाना

दो बातें सुनके जाना, अपने शबाब की।
दोहराने लगी नीयत, रज़ा तव्वाब की।।

किसी महकते गुलशन से, आप आ गए हो।
दिल देता है सनम तुझे ये, संज्ञा गुलाब की।।

दो घड़ी ठहरो ज़रा तुम, दिले-क़ाशाने में।
बहल जाएगी तबीयत, तेरे ज़नाब की।।

नशा ही नशा है तेरे, निखरे शबाब में।
बोतल-सी लगती हो तुम, कोई शराब की।।

तेरे बिना एक पल भी, चैन अब न आए।
आँखों में सजती हरपल, सूरते-ख़्वाब की।।

मस्वरा देते हैं "प्रीतम" मान जाओ अगर।
दावत देते आँखों में, सनम के ख़्वाब की।।

79) तुम जो मिले........

तुम जो मिले, जैसे बहार आयी।
सावन की सुन, कोई फुहार आयी।।

दिल-कली खिली, ख़ुशबू बिखर गई है।
रोम-रोम में, हसरत निखर गई है।
पवन प्रेम की, ख़ुशियाँ अपार लायी।
सावन की सुन.............।

हौंसला बढ़ा, नई सोच जागी है।
ग़म की रेखा, दूर कहीं भागी है।
आशा सजकर, दिल में निखार लायी।
सावन की सुन............।

क़दम निडर बन, सफ़र पर चल पड़े हैं।
दिल में अरमां, जग-जग उछल पड़े हैं।
धड़कन मेरी, तेज़ रफ़्तार लायी।
सावन की सुन.............।

ख़ुदा की दीद, तुम बन गई हो सनम।
एक उम्मीद, तुम जग गई हो सनम।
जीवन मैं तुम, हसीं संसार लायी।
सावन की सुन..............।

80) ये तेरी मदहोशियाँ

रीति-रिवाज़ तोड़ तोड़ी ख़ामोशियाँ।
याद रखी प्यार की सब मदहोशियाँ।।

एक बार रूठे फिर मान गए हम।
मिली जब-जब हमें हैं शाबासियाँ।।

हमतुम रहे न दो ज़िस्म दीदार में।
एक हुए मिली दिल की नज़दीकियाँ।।

कभी तुम कभी हम नाराज़ हुए भी।
माफ़ कर दी हमने सब ग़ुस्ताखियाँ।।

मिलन की आग जलाती रही दिल को।
जब-जब हुई हमसे प्यार में ग़लतियाँ।।

आरज़ू एक मिलन की अमर हो गई।
पौंछनी चाही जब प्यार की तख्तियाँ।।

दिल में प्यार का चमन आबाद रहा।
ख़ुशबू में तर रही मन की बस्तियाँ।।

दिल के समंदर में उमड़े अरमाने-झाग।
तैरती रही निरंतर रुह की क़स्तियाँ।।

आबाद दिल का कोना-कोना हो गया।
झूमने लगी जब भी दिल की मस्तियाँ।।

चलो एक आवाज़ दिल की पूरी हुई।
प्यार को मिली रंगीन ग़ज़ब सुर्खियाँ।।

आसमां ने फूल बरसाए धरती ने नूर।
दिल चूर हुआ प्यार में भुला फ़ब्तियाँ।।

"प्रीतम" दिल की अग्र शांत हो गई है।
मान ली हमने आपकी सब अर्ज़ियाँ।।

81) तेरी यादों का डेरा

तेरे बिना दिल लगता नहीं मेरा।
दिल में बसा तेरी यादों का डेरा।।

कूचे से आए तन्हाई में आहट।
दिल में सजे है तेरा ही चेहरा।।

ख़्वाब नशीले हैं तेरे यौवन के।
देते रहते मेरी आँखों में पहरा।।

जुल्फ़ों को छू आएं जो हवाएँ।
खोलती स्पर्श-आनंद ये गुलेरा।।

दरवाज़े पर दस्तक़ सुन मचलूँ।
तूफ़ान मिलन का उठता फहरा।।

तेरे दीदार की प्यासी हैं आँखें।
रोमांच लिए हैं हरपल सुनहरा।।

तू मिले रब मिल जाए मुझको।
और नहीं दिल में अरमां ठहरा।।

एक मुलाक़ात में ज़िंदगी गुज़रे।
उस हसीं शब की न हो सहरा।।

गुलाब-से लब फिरसे कली बनें।
मौसम से रिश्ता जुड़े ख़ूब गहरा।।

"प्रीतम" प्रीत की नदी सागर बने।
हम-तुम मिलें लहरों-से लहरा-2।।

82) बोले बहुत पर

बोले बहुत मगर प्यार जताना न आया।
दिल में फूल थे ख़ुशबू बिखराना न आया।।

मन के तसव्वुर बहारों से कम नहीं थे।
मंज़िल पता थी सफ़र सुहाना न आया।।

इशारों में कितना समझाया उसने मुझे।
हम ही पागल थे अनुमान लगाना न आया।।

आँखों में सिमटे कितने हसीं ख़्वाब थे।
एक ख़्वाब को भी, आँसू ढ़लकाना न आया।।

चलते-चलते सफ़र में रात हो गई मगर।
राह में चिराग़े-मोहब्बत भी जलाना न आया।।

कमियाँ औरों की गिनते रहे ताउम्र हम।
अपनी कमी को मगर हमें मिटाना न आया।।

गीत हज़ारों लिखे हैं हमने मोहब्बत के।

एक गीत भी मगर हमें गुनगुनाना न आया।।

दर्द की दास्तां कितनी लम्बी है दोस्तो!
दर्द छिपाने का मगर सिर्फ़ बहाना न आया।।

मेरे परवर दिग़ार मुझे माफ़ करना तू!
मैं भूलता रहा तुझे पर तुझे भुलाना न आया।।

"प्रीतम" तेरी मोहब्बत एक सच्ची यहाँ।
मुझे क्यों एक त्याग-विश्वास जताना न आया।।

83) कितनी लम्बी दूरी है वफ़ा की

मेरा चाँद राहों में खो गया रूठा तो नहीं है।
दुनिया हसीं, महफ़िल हसीं दिल तो नहीं है।।

ख़ुशी मिले या ग़म दोस्त वही जो साथ चले।
ज़रा-सी बात पर बदलना दोस्ती तो नहीं है।।

फूलों संग बहारें हैं, मौसम संग हसीं नज़ारे हैं।
मैं ही हूँ एक तन्हा दिल बेवफ़ा तो नहीं है।।

वो मेरी बातों पर हँसना, मुस्क़राना याद है तेरा।
दिल तड़फ़े आज दीद को दीदार तो नहीं है।।

रस्में-क़समें वफ़ा की गुड़ियों का खेल हो गई।।
मेरी तरह मुक़द्दर किसी का बिगड़ा तो नहीं है।।

प्यार सागर है एक तरफ़ वो हैं एक तरफ़ मैं।
इस तरह साहिल से साहिल मिलता तो नहीं है।।

ये वक़्त का तक़ाज़ा है या मेरी वफ़ा का क़सूर।
ये छोटी-सी बात मेरा दिल समझा तो नहीं है।।

रुसवा ही करना था मुझे तो और भी थे तरीके।
इल्ज़ाम बेवफ़ा का देना कोई सलीखा तो नहीं है।।

दिल तो लुट ही गया है और क्या हासिल रहा।
जान भी माँग ले मेरी वो मुझे ग़िला तो नहीं है।।

"प्रीतम" तुझे पाने के लिए सब रस्मो-रिवाज़ तोड़े।
कितनी लम्बी दूरी है वफ़ा की अंदाज़ा तो नहीं है।।

84) वो लोग

मेरी शख़्सियत की शिनाख़्त करते हैं जो लोग।
मेरी ज़िन्दगी की हिफ़ाज़त करते हैं वो लोग।।

छिप-छिप देखते हैं मेरे चालो-चलन को दोस्त!
मेरे हयात में एक एहतियात भरते हैं वो लोग।।

मेरी अच्छाई नहीं बुराई तलाशने का ज़ुनून है।
मेरे दिल में बन जलजात खिलते हैं वो लोग।।

सुना है गुलों की हिफ़ाज़त काँटे ही करते हैं।
फ़िज़ूल मान खुद से बग़ावत करते हैं वो लोग।।

देखते, मुस्क़राते, शरमाकर नज़रें जो झुकाते हैं।
तो समझना तुमसे मोहब्बत करते हैं वो लोग।।

मुसीबत आने पर चार पैसे पल्लू में हों जिनके।
दावा है मेरा मेहनत मसक्कत करते हैं वो लोग।।

शेखियां बघारने से सुनिए बहादुर नहीं बनते हैं।
बहादुर वे हैं निर्भय हालात बदलते हैं जो लोग।।

लीक बदल चलने वाले महान होते हैं दुनिया में।
आम आदमी हैं वो दिन-रात टलते हैं जो लोग।।

नफ़रत की नहीं मैं मोहब्बत की पैरवी करूँगा।
जो मुझे बुरा कहें वाहियात जलते हैं वो लोग।।

एक "प्रीतम" तेरी दीवानगी ही मेरे दिल में रहे।
सारे ज़माने के ताने सौग़ात लगते हैं वो लोग।।

85) ये क्या हो रहा है

कोई हँस रहा है, कोई रो रहा है।
तृप्त कोई नहीं, ये क्या हो रहा है।।

लक्ष्य पता न ख़ुद की ही ख़बर है,
लगता है हर कोई, जीवन ढ़ो रहा है।।

आगे बढ़ने की होड़, रिश्ते भुलाती है।
माया के चक्कर मे, सब खो रहा है।।

साथ सफ़र में नहीं, धोखा ज़िगर में।
माला के मनके-सा, बस पिरो रहा है।।

ख़ुद की करे वाह, दूसरे की हो स्वाह।
बीज घृणा का ऐसा, हृदय बो रहा है।।

चाल-चलन कच्चा, झूठा, नहीं है सच्चा।
ज़हर दुर्भावना का, ऐसा संजो रहा है।।

86) तेरी-मेरी नहीं दिल की बात....

तेरी-मेरी नहीं, दिल की बात होगी आज।
वो आगे आए, जिसके कलेजे होगी खाज।।

तू अभिमान भरा है, मैं भी नहीं हूँ खाली।
तू डाल-डाल है तो, मैं पात-पात सवाली।
तेरे सिर पर ताज़, तो सर्वोपरि मेरी लाज।
वो आगे....................।

पैसे का घमंड न कर, मैं इससे ऊपर हूँ।
तू उड़ता परिंदा है तो, मैं जमता भूपर हूँ।
जब गिरा तड़फेगा तू, छिन जाए तेरा ताज़।
वो आगे.....................।

ऊँचे कुल जन्मा तू, कर्म से नीच मगर है।
मैं जलता सूरज हूँ, तू अँधेरे का अग्रज है।
तू काल परिभाषा, मैं महाकाल का बाज।
वो आगे.....................।

तू जल की फुहार, मगर मैं अग्नि हूँ रूप।
तू छाँव है पेड़ की, मैं सूरज की हूँ धूप।
तू अमीर का बिगड़ा, मैं ग़रीब की हूँ लाज।
वो आगे.....................।

तू चिकना ऐश का, मैं पका हूँ संकट का।
तू ख़ुशबू कृत्रिम की, मैं प्राकृतिक घट का।
तेरे सिर पर ताज़, मेरे सिर पर है रिवाज़।
वो आगे......................

तूने पढ़ी क़िताबें, मैंने ली धरातल की सीख।
तू सोया गद्दों पर, मुझे मिली भू की भीख।
तू रोया डा.आए, मैं रोया मिला आँसू-समाज।
वो आगे.......................।

87) मोहब्बत का तराना........

नफ़रत का का नहीं मैं, मोहब्बत नज़राना लेकर आया हूँ।
प्यार सत्य संसार मिथ्या, दिल में यही तराना लेकर आया हूँ।।

सौदागर हूँ मैं, सौदेबाजी करता हूँ।
प्यार के बदले, प्यार बेचा करता हूँ।
गुण की पूजा, अवगुण की घृणा हूँ।
भटके पंथी की, मैं स्वयं प्रेरणा हूँ।
ग़म को हरने ख़ुशी भरने, परिंदा उड़ने का बहाना लेकर आया हूँ।
प्यार सत्य.....................

शक्ति पहचानो, जागरुक हो संघर्ष करो।

तुम सर्वोपरि हो, न किसी से भी डरो।
हीन भाव छोड़ो, घृणा से डटकर लड़ो।
जीवन-अंगूठी में, सफलता-मोती जड़ो।
अँधेरी गुफ़ाओं से, मैं उजाले का तुम्हें महल दिलाने आया हूँ।
प्यार सत्य.....................

अन्याय से लड़ो, चाहे प्राण चले जाएं।
शरीर मिटे पर, आत्मा फिर लौट आए।
मोह त्यागो तुम, फिर किसका ग़म होगा।
न दिल रोयेगा, न आँसू का सितम होगा।
मरना-जीना तो भ्रम, मरकर जीने की कला सिखाने आया हूँ।
प्यार सत्य.....................

तुम दबोगे आज, कल नस्लें दब जाएंगी।
माँ-बाप के रिवाज़, वो निभाती जाएंगी।
उठो, लड़ो न डरो, मौत से बढ़कर क्या।
दब जीते मरो तुम, पागल कहे है जहां।
सरफ़रोशी का राग, मैं आज तुम्हे फिर से सुनाने आया हूँ।
प्यार सत्य.....................

88) दिल कहता है

मेरे ख़्वाबों, ख़्यालों में तेरी यादों का सजना है।
ये प्यार नहीं तो क्या है?लोगों का कहना है।।

करवट बदल-बदलकर तन्हाई में रातें गुज़रती है।
तकिए को लगाकर सीने से अब आहें भरना है।।

तुमसे कहे कोई कुछ मुझसे सहन नहीं होता ये।
एक आग-सी लगती है दिल में और बहकना है।।

पंख न हों तो बोलो! एक परिंदा कैसे उड़ पाएगा।
होकर परेशान खुद से फिर तो रोना चिल्लाना है।।

कैसे कहूँ वो बातें दिल में उठती हैं जो लहर-सी।
सब्र नहीं होता मुझसे मगर एक राज छिपाना है।।

नाराज़ न हो जाए कहीं तू ये डर भी सताता है।
दिल टूट गया बयांकर तो जीवनभर पछताना है।।

फूल की ख़ुशबू कभी छुपाए नहीं छिपती जानता हूँ।
छिपाने की साज़िश में तो झूठ का दाग़ लगाना है।।

भला करे सबका मालिक नेक राह पर लेता चले।
देकर बददुवाएँ तो जलना और बस जलाना है।।

दिल कहता है "प्रीतम" किस बात से डरता है तू।

छिपाकर हाले-दिल अपना कौनसा शक़ून पाना है।।

89) तेरे नाम का गुल

मेरी वफ़ा से बड़ी तेरी जफ़ा भी नहीं।
तेरी हर जिद्द मानी हुआ खफ़ा भी नहीं।।

तुझे छोड़कर जाने का मन नहीं था मेरा।
तेरे पास रहने की थी पर वज़ह भी नहीं।।

तुझे चाहते थे कभी खुद से भी ज़्यादा।
मिला तुमसे बड़ा कोई बेवफ़ा भी नहीं।।

अब मोहब्बते-रिश्ता इख़्तियार कैसे हो?
विश्वास लौटाने का फलसफ़ा भी नहीं।।

वह गुल खिले भी तो अब कैसे खिले।
बहारों को जिसका मिले पता भी नहीं।।

यह सच है कि मुझे तुमसे प्यार न रहा।
पर सच यह भी है कि गिला भी नहीं।।

वक़्त बदले खुद को बदल ले जो दोस्त!
क़सम है रब की वो हमें जचा भी नहीं।।

काँटों का कर्म चुभना, फूलों का खिलना।
नाराज़गी का इसमें सिलसिला भी नहीं।।

जिसको जो भी अच्छा लगे दिलखोल करे।
फितरत् बदलने का हममें हौंसला भी नहीं।।

गुलशन में गुलों की कमी तो नहीं "प्रीतम"!
पर तेरे नाम का गुल अभी खिला भी नहीं।।

90) यादें

सावन की फुहार-सी, खिले गुलज़ार-सी।
अख़बारे-समाचार-सी, तीज त्योहार-सी।
आनंद रत्न देती मुझे, ये हरती अवसाद,
हैं प्रिय! तेरी यादें ये, इंद्रधनुषी दीदार-सी।

बहते हुए झरनों-सी, पकती फ़सलों-सी।
दौड़ते हुए हिरनों-सी, खिलते कमलों-सी।
मेरे तस्व्वुर में सजती, निखरें धूप सरीखी,
सुंगधित करती हृदय, चमन के फूलों-सी।

जिस पल देखूँ तुझे, वो पल ठहर जाए।
उस पल में ज़िंदगी, तमाम गुज़र जाए।

काश! कल्पित पल, पल्वित हो फूले-फले,
जहाँ देखूँ हर शै में, तू ही नज़र आए।

मेरे इस दीवानेपन की, हर आरज़ू पूरी हो।
समान वज़न से ज्यों, सनम तराज़ू पूरी हो।
तेरी याद का पलपल साकार हो जाए ये,
यही गुज़ारिश ख़ुदा से, मेरी ज़ुस्तज़ू पूरी हो।

91) मेरा भारत ऐसा हो

जाति, धर्म, क्षेत्र, का भेद मिटे, इंसानियत-सुर बजे जन में।
सब दिवसों से ऊपर"मंगल दिवस"मनाएंगे तब मन में।।
ग़रीब की आह! मिटकर ख़ुशियों से मन-गागर भर जाए।
कवि की वेदना प्रशन्नचित होकर मंगल गीत फिर गाए।।
भिक्षावृत्ति न रहे हर मनुज आत्मनिर्भर होकर सँवर जाए।
किसान की रुह पीड़ा से ऊभरकर ख़ुशी में हो तर जाए।।
भाईभतीजावाद का सफ़र ज़िंदा जल खाक़ में मिले अब।
भारतीय प्रतिभा निखर-निखर फूले-फले संभले अब।।
माँ, बेटी, बहन का मान सूर्य की चमक-सा चमकने लगे।
हर रिश्ते में चन्द्र-सा नूर हौंसला लेकर अब दमकने लगे।।
अनाथालय, वृद्धाश्रम की ज़रूरतें समाप्त हो जाएं यहाँ।
मानवता की रस्में स्वर्ग सम्पन्न होकर निखर जाएं यहाँ।।
बेटा माँ-बाप को देवी-देव-सा पूजनीय मान मान करे।
माँ-बाप का प्यार पुत्र-पुत्री पर सावन फुहार दान करे।।

बड़े-छोटे की इज़्ज़त आत्मा से करने लगें हम समस्त।
कुरीतियों की समाज से अर्थी उठे मिल जाए राहत।।
प्राण जाए पर वचन न जाए का नारा भरे मन तरंगें।
भारतीय संस्कारों का स्वर पूरे विश्व में उभरे ले उमंगें।।
बापू का रामराज्य का सपना साकार हो उठे जन-जन में।
हर मनुष्य एक-दूसरे को गले लगा हँसे फिर अपनेपन में।।
खेतों की हरियाली-सी घुलमिल जाए अब इंसानी रुहों में।
इंसान उपवन के फूलों-सा खिले तजकर मन समूहों में।।
तीज त्योहार भी इन्द्रधनुषी रंग बिखेरें प्रतिपल प्रतिपग में।
इंसानियत का स्वर उद्यान-सा खिल सुगंध बिखेरे जग में।।
नितप्रति मेघों-से घिर-घिर प्रेम बूँदें हम बरसानें लगें।
देवी-देवता भी धरती पर आने को मन तरसानें लगें।।
त्रिवेणी का संगम मनुज हृदय में हिलोरे ले-ले ऊभरे।
शिक्षा-दीप मनोहर हर हृदय में अब जले उजाला भरे।।
कमल-सी विपरीत परिस्थितियों में मनुज हँसना सीखे।
तेरा-मेरा का राग भूल मानव-मानव हृदय बसना सीखे।।
एक स्वर स्वतंत्रता से पहले आज़ादी का हमने सुना था।
उसी स्वर में एकलय हो संस्कारों का ताना-बाना बुना था।।
कवि मन में प्रेम की संवेदना जागी सदा आज निख़रे भी।
प्रेम की गंगा निर्मलता ले आज कहूँ मैं बंधु सँवरे भी।।
काश! मेरा भारत हो जिसमें दूध की नदियाँ बहती थीं।
हर राग रागिनी जिसकी उज्ज्वल गाथाएँ ही कहती थीं।।
हम चाहें तो ऐसा हो सकता है हमारा हृदय निर्मल हो।
स्वार्थ का जिसमें कींचित भी बीज न पल्लवित पल हो।।

आओ मन में एक सपना बुनें हम जो स्वर्ग-सा मधुर हो।
प्रेम, सौहार्द, त्याग, विश्वास, भ्रातृत्व, समता रहती जिधर हो।।

92) मोहब्बत की बात

दिल की बात सबको, बताया न करो।
कुछ राज सुनलो तुम, छिपाया भी करो।।

ज़माना बुरा है बहुत, बातों को हवा दे।
हर किसी से मिलके, मुस्क़राया न करो।।

तुम दिल के हो भोले, हम ये जानते हैं।
हर किसी पर विश्वास, जताया न करो।।

हमें हमदर्द समझकर, दर्दे-दिल कह दो।
हमें देखकर इस तरह, शर्माया न करो।।

निगाहों से पढ़लें हम, तस्व्वुरे-दिल तेरा।
हमारे सामने चत्तुराई, दिखाया न करो।।

प्यार में त्याग होता, विश्वास भी होता है।
कोई बात कहने में, हिचकिचाया न करो।।

"प्रीतम" दीवारे-दिल पर तेरी तस्वीर लगी है।

कभी अपने आपको, तन्हा पाया न करो।।

93) सुंदर ये प्रेम अनुपम

अपना प्यार धरा -अंबर -सा सुन! रानी।
दूर क्षितिज पर मिलता होकर तूफ़ानी।।

हम तुम एक सिक्के के दो पहलूँ हैं।
सजती है मिलकर दोनों की जवानी।।

रब सबकी ज़िंदगी में प्रेम यौवन भरे।
मधुबन -सी हो जाए सजके ज़िंदगानी।।

लेकर मधुर गीत मिलें हम दोनों सनम।
प्यार में हो जाएंगी मौजें फिर सुहानी।।

सावन -घन -सा प्रेम बरसे हरपल अपना।
हो जाएगी जीवन की हर रुत मस्तानी।।

कल -कल बहते झरने -सम निर्मल प्रेम।
फूले -फले बन जाए एकदिन विश्वबानी।।

राग प्रेम का सुंदर सुघर पावन बनेगा।
तेरा मेरा न रहे यहाँ कोई फिर सानी।।

प्रीत की गली में लाखों रंग उड़ते हैं।
होता मन इन्द्रधनुषी उमंगे भर नूरानी।।

पारस प्रेम तन सोने को है चमकाता।
जिसे देखकर दुनिया हो जाती दीवानी।।

"प्रीतम" मोहब्बत तो नशीब से मिलती है।
जिसमें जन्नत की महक है सुन अंजानी।।

94) मुस्क़राया करो

मायूसी न तुम कभी, गले लगाया करो।
ज़िन्दगी में हरपल, बस मुस्क़राया करो।।

हर समस्या का हल, आज नहीं तो कल।
कीमती मोती आँसू, व्यर्थ न बहाया करो।।

तम कुछ पल का, उजाला भूतल का है।
ख़ुद समझो तुम ये, फिर समझाया करो।।

श्रेष्ठ कृति विधाता की, तुम एक हो मनु।
इस बात को सिद्ध, कर भी दिखाया करो।।

अहं गले की घंटी, कभी न बाँधना यारा।
सादेपन पर कभी तो, तुम भी आया करो।।

बहन तेरी मेरी नहीं सबकी होती है बंधु!
यूँ बदनामी करके भी, न तुम हर्षाया करो।।

काजल आँखों से न, किसी का बिखरे यूँ।
क़सम कभी तो यह, तुम भी उठाया करो।।

तेरी मेरी नहीं बंधु, इंसानियत की ये बात।।
सुनकर पलभर में, आगे पग बढ़ाया करो।।

"प्रीतम" यार मेरे सुन! तुम पर ही भरोसा है।
किसी बात पर तुम, दोस्त! न इतराया करो।।

95) मंज़िल की दीवानगी

गिर-गिर उठेगा संभलेगा तू चलता चल।
बनके ज़िंदगी के नभ में आवारा बादल।।

मन पर न ले कोई कुछ कहे कहता रहे।
असफलता-घूँघट में छिपा चेहरा सफल।।

ज़िंदगी में अवसर आते रहते हैं अकसर।

पाँच निकली छठी पर छक्का लगा संभल।।

मायूसी दर्द सिवाय कुछ नहीं देती है, सुन!
कमल को देख हँसता है ये रहके दलदल।।

लोच बराबर रख न रख जीवन में अकड़।
पेड़ झुकें बचें आँधी से सीधे गिरें समतल।।

आशा गई सार मरा जीवन का जाने है तू।
रुक न आगे बढ़ बाँहें फैलाए खड़ी मंज़िल।।

प्रतिकूल को अनुकूल बनाते वही हैं बहादुर।
अँधेरे को दूर भगाता है जैसे सूरज निकल।।

कुछ असंभव नहीं धरा पर नेक इरादा हो।
पर्वत भी चढ़ते कुछ धरा पर न सकें चल।।

"प्रीतम" इरादा हो तो दुनिया बदल दे इंसान।
एक ज़ुनून हो कुछ करने का मन में शामिल।।

96) जब हम बातें करते हों

दिल के नरम लोगों का गुस्से में आना ठीक नहीं।।
जब हम बातें करते हों तो तेवर दिखाना ठीक नहीं।।

तुम चाहते हो हमें कितना अपने दिल से पूछ लो।
जब हम बातें करते हों तो नखरे दिखाना ठीक नहीं।।

मेरी बातें चाहे तुम्हे अच्छी न लगती हों ज़रा भी।
जब हम बातें करते हों तो नाक चढ़ाना ठीक नहीं।।

प्रेमभरी तेरी बातें अदाएं जन्नत-सा शकूं देती हैं मुझे।
जब हम बातें करते हों तो खामोशी बनाना ठीक नहीं।।

हिदायत देते हैं हम फूलों-सी मुस्कराया करो तुम।
जब हम बातें करते हों तो शूल चुभाना ठीक नहीं।।

सच्ची मोहब्बत त्याग, विश्वास माँगती है मेरे सनम।
जब हम बातें करते हों तो राज छिपाना ठीक नहीं।।

प्यार का सफ़र पलभर का नहीं सदियों का सफ़र है।
जब हम बातें करते हों तो रूठ जाना ठीक नहीं।।

हम सौज़ान से कुर्बान तुमपर दिल में पनाह दीजिए।
जब हम बातें करते हों तो भूलें गिनाना ठीक नहीं।।

तेरे लिए रीति-रिवाज़ सब छोड़ दिए मैंने एकपल में।
जब हम बातें करते हों तो तोहमत लगाना ठीक नहीं।

तारे ग़वाह हैं अपने प्यार के चाँद भी साक्षी है ये।
जब हम बातें करते हों तो आँख दिखाना ठीक नहीं।।

कूचे में चलते हुए अपने आप मुस्क़राती हो तुम।
जब हम बातें करते हों तो इतना शर्माना ठीक नहीं।।

दिल के हो अच्छे "प्रीतम" हम ये सब जानते हैं, देखो!
जब हम बातें करते हों तो गर्मी खाना ठीक नहीं।।

97) मिलजुल रहें हमेशा

मिजजुल खिलें रंग-बिरंगे फूलों की तरह।
न पैरों में चुभें किसी के काँटों की तरह।।

इस भू पर सबका बराबर हिस्सा हो जाए।
खेलें फिर भू-सागर पर लहरों की तरह।।

तेरा-मेरा का राग तजें ऊँच-नीच भावना।
प्यार से गले मिलें त्रिवेणी मंज़र की तरह।।

एक भूखा सोये, एक खाए सौलह व्यंजन।
शोभा नहीं देता इंसान ये अभद्र की तरह।।

प्रकृति निस्वार्थ भाव से ख़ुद को बाँटती है।
कुछ सीख लीजिए इससे भी मंत्र की तरह।।

गीता पढ़ते हो क़समें खाते हो हिन्दू बनके।
क्या लाए, क्या ले जाओगे यूँ यंत्र की तरह।।

फ़ासले कम करो इंसानियत सीख जाओ भी।
समदृष्टि से सबको देखो तुम आदर की तरह।।

बदला छोड़ खुद ही बदल जाओ चैन मिलेगा।
भर जाएगा ये दिल प्यार से सागर की तरह।।

संतोष मन में कर धैर्य हृदय में धारण करले।
क़ोशिश न कर बनने की सिकन्दर की तरह।।

सबका मालिक एक है उसके हाथ जीवन डोर।
हमतुम नाचते उसके इशारे पर बंदर की तरह।।

"प्रीतम" प्रीत इंसान से नहीं उसके विचारों से रख।
भर जाएगा जीवन ख़ुशियों से सावन की तरह।।

98) तन्हा बेचैन दिल

तूने मुड़के देखा मुझे इस कदर।
तीरे-नज़र घायल कर गई ज़िगर।।

सपने सुहाने सजने लगे मन में।
तेरी तस्वीर आँखों में गई उतर।।

दिन में चैन न रातों में हैं नींदे।
दिल को सताए है सूरते-मंज़र।।

हरपल देखूँ मैं झरोखे से क़ूचा।
चाहूँ मैं तू पल में आए नज़र।।

क़दमे-आहट सुन-सुन मैं चौंकूँ।
मेरे दिल में रहती तेरी फ़िकर।।

यादें तेरी रह-रह के सताएं हैं।
बहते आँखों से हैं दिले-तस्व्वुर।।

बरसातें जलाती सावन की अब।
तन्हा कटता नहीं जीवन सफ़र।।

आ जाओ बदली बन बरसो तुम।

झूम उठे प्रेम बूँदों से दिले-सागर।।

सुर सजें मोहब्बत के मन खिलें।
आसान हो जाए जीवन की डगर।।

दिल लेकर "प्रीतम" न सता इतना।
देख मेरी बेचैनियाँ रोते हैं पत्थर।।

99) दिल की धड़कन

दिल की धड़कन ये, कुछ कहती है।
मेरी आँखों में तू, रब-सी रहती है।।

तेरा दीदार कुछ, अधूरा-सा है अभी।
शीतल पवन-सी, तू मन में बहती है।।

मैं तेरा आलिंगन, पाऊं हरपल मैं ही।
दिल के हरकोने, यही तमन्ना रहती है।।

तू दिले-चमन में, फूल-सी खिल जाओ।
मेरी आरज़ू हरपल, यही बस चाहती है।।

तेरा नूर आँखों का, ज़श्न बन जाए गर।
मेरी जुस्तज़ू इसे ही, क़ायनात कहती है।।

तेरा पलकें झुकाना, शर्माना अच्छा लगे।
हर अदा मस्ती का, गीत-सी लगती है।।

रेशमी जुल्फ़ें बादल, आँखें घना सागर।
होठों की चुप्पी भी, ये कुछ कहती है।।

तेरा भोलापन मीठा, वाणी कोयल सम।
सुंदर विचार आभा, मन शांत करती है।।

तेरा पूरनूर यौवन, ताजमहल की छवि।
मन में असीम रस, प्रिया तू भरती है।।

"प्रीतम" तेरी प्रीत की गंगा में नहालूँ मैं।
मन की हर तरंग, यही कामना कहती है।।

100) अ दिल मायूस न हो

चलेंगे वहीं तक हम, जहां क़दम ले जाएंगे।
अ दिल मायूस न हो, मंज़िल तो हम पाएंगे।।

मंज़िल कहीं दूर नहीं, आरज़ू बढ़ती जाए।
एक नूर की तड़फ है, जिसे पा मुस्क़राएंगे।।

दिल की क़शीश बुझे, दीपे-मोहब्बत जले।
तमन्नाएं न रहें अधूरी, कर ऐसा दिखलाएंगे।।

दिल कभी हारे नहीं, ऐसी कोई शक्ति मिले।
जीतलें दिल की बाजी, संकट सब शरमाएंगे।।

सावन-सा मधुर हो, मेरे दिल का हर सपना।
जब कभी थककर, रातभर हम सो जाएंगे।।

हिम्मत से दुनिया भी, जीत सकते हैं, दोस्तों!
आओ भाग्य भूल हम, मेहनते-ग़ुल खिलाएंगे।।

कमल कीचड़ में खिले, सबको पर भाए है।
प्रतिकूलता तोड़कर के, अनुकूलता हम लाएंगे।।

सोना तपकर आग में, जेवर बनता है सुनलो!
श्रम की आग में जल, इंसानियत सीख जाएंगे।।

पानी अमृत हो जाए, जोरों की प्यास लगी हो।
ये बात हमतुम मिल, सारे जग को समझाएंगे।।

"प्रीतम" तेरे दीद को, तरसती अलसाई-सी आँखें।
काश! किसी बहाने से, तेरे दीदार भी हो जाएंगे।।

101) फूल के प्यार में

फूलों की हवा से खाली दिल में बात आ गई।
तुझे देख शुष्क होठों पर इश्क़े-बरसात आ गई।।

तेरा चेहरा फूल के पहनावे की कंठी का फूल है।
हवाओं में घुलकर चेहरे की शानो-सौग़ात आ गई।।

फूल के प्यार के छल में छला न जाऊँ कभी मैं।
बिखर के शबनम-सी दिल में एहतियात आ गई।।

रुसवा न कर दे मुझे मासूम चेहरे का भोलापन।
फूलों की सुगंधी-सी दिल में मेरे लम्हात् आ गई।।

तेरी आँखों के आइने ने तसल्ली तो दी है बहुत।
पर ख़्यालों में दग़ा-ए-सिला की क्यों बात आ गई?

जफ़ा-ए-सिला न देना चाहे जान ले लेना हँसकर।
शोहरत समझी है प्यार की जैसे क़ायनात आ गई।।

क़विशे-ग़मे-हिज़रा बहुत मिलते हैं "प्रीतम" ज़माने में।
यूँ लगता है देख उन्हे उजाला डसने रात आ गई।।

102) अंज़ाम पता होता

मुझपे किया है और पर तक़सीर न करना।
दिल लगाना किसी से दमे-शमशीर न करना।।

टूटकर वादे-इरादे ख़ाक हो जाएंगे पल में।
ज़ादा-ए-राहे-वफ़ा में गर्म तासीर न करना।।

जीते मर रहा हूँ तेरी बेवफ़ाई से आजतक।
रुस्वा मुझसा किसी को दिल-पज़ीर न करना।।

तुझसे तो काँटे भले हिफ़ाज़त ग़ुलों की करें।
झूलकर बाँहों में तू गले की ज़ज़ीर न बनना।।

एक बार कहती क़दमों तले ज़ान बिछा देता।
चुप रह बदनाम किसी का ज़मीर न करना।।

आँखों में सजे ख़्वाब शीशे-से तोड़ दिए तूने।
इस तरह तड़फ़ा किसी को अधीर न करना।।

किसी की हाय लेकर कौन ख़ुश रहा है यहाँ।
एक ज़श्न को तू पत्थर की लकीर न करना।।

पलभर के नशे में जाने ख़ुद को क्यों भूला।

इस तरह भूलने की आदत तासीर न करना।।

एक ग़ुनाह तो माफ़ किया जा सकता है, सुन!
हरबार माफ़ी की ख़्वाहिश हाज़िर न करना।।

इश्क़े अंज़ाम जानते तेरा नाम न लेते "प्रीतम"!
देकर भरोसा प्यार का तू दिले-पीर न करना।।

103) साथ में चले हैं

हम तो अपने प्यार की तलाश में चले हैं।
उनसे कोई पूछे वो क्यों साथ में चले हैं।।

देखते हैं ज़िधर भी नज़र में पाते हैं उन्हें।
सरे-महफ़िल चाहे सरे-बाज़ार में चले हैं।।

दीदार कर हया से झुका लेते हैं वो आँखें।
इतनी शर्मों-हया लेकर वो प्यार में चले हैं।।

सरे-महफ़िल पकड़ हाथ उसने ग़जब किया।
गाफ़िल जाने नहीं किस व्यवहार में चले हैं।।

रुस्वा करेंगे वो मुझे बनाके अपना दीवाना।
पागल हैं वो इतने इश्क़े-ख़ुमार में चले हैं।।

सुबह देखें न शाम जाने एक ही इश्क़े-राग।
चकोर बनकर वो चाँद के प्यार में चले हैं।।

मिटेंगे या सनम को पालेंगे यही तमन्ना है।
सीना ताने वो रिवाज़ो के संहार में चले हैं।।

फूल-ख़ुशबू कभी अलग कैसे रहे चमन में।
चोली-दामन का साथ ले इज़हार में चले हैं।।

उम्मीदे वफ़ा न टूटी है न टूटेगी मरते दम।
वो तो सच्चे बादशाह के दरबार में चले हैं।।

प्रीतम हो गए वो कर दिया मुझे भी प्रीतम।
लगता है मेरी तरह "प्रीतम" के दीदार में चले हैं।।

104) ज़िग़र मोहब्बत का है मंदिर..

प्रेम मेरा है देख ज़रा तू, सुंदर मधुर मनोहर।
तेरी छवि दिल में बसी, रहे आठों ही पहर।।

तू हवा-सी चंचल, झरनों-सी बहती कलकल।
तेरा रूप मेरी आँखों में, सजता देख पलपल।

एक स्वर हो एक ज़िग़र, हो एक प्रीत डगर।
तेरी छवि.......................

तुझे हँसता देख मेरे, दिल का चाँद खिलता है।
तेरा रूप इतना सलौना, देख फ़रिश्ता जलता है।
मुझको भाता भोलापन ये, सादापन तेरा निखर।
तेरी छवि.......................

ये शर्मिली आँखें, ये नाज़ुक होठों के दो फूल।
मुझे सिखाते हैं रिझाकर, वफ़ा के सारे उसूल।
यूँ लगता मेरा दिल तेरी, चाहतों का है शहर।
तेरी छवि.......................

ये कोयल-सी बोली, ये ज़ालिम हैं तेरी अदाएँ।
मुझे लुभाती हैं बुलाकर, चंचल भाव-भंगिमाएँ।
यूँ लगता मेरा मन तेरी, आरज़ू की है डगर।
तेरी छवि.......................

ये केशों के बादल, हवा में लहराता ये आँचल।
मुझे बुलाता है सताकर, चेहरे का काला तिल।
यूँ लगता है मेरा ज़िग़र, मोहब्बत का है मंदिर।
तेरी छवि.......................

105) थी भूलभुलैया..

थी भूलभुलैया हम ज़िधर चले।
कुछ ज़ख्म भरे कुछ उभर चले।।

ज़िंदगी का मौसम तो शुष्क रहा।
उमड़े जो बादल जाने किधर चले।।

हमने राहों में फूल बिखेरे हरपल।
क़दमों में काँटे आए जिधर चले।।

सिलसिला दिल का धुमिल ही रहा।
हर फ़ैसले पर हमारे नसतर चले।।

गिरगिट लोग तमाशा देखते रहे यूँ।
गाँव को भूल जब भी शहर चले।।

बहरों की दुनिया को क्या समझाएँ।
हम क्या थे और क्या हैं कर चले।।

आँख रखते हैं देखते कुछ नहीं हैं।
भावना को क्यों वो जर्जर कर चले।।

आँख का पानी मरा दिल का सपना।
कहते हैं हम दुनिया का सफ़र चले।।

गंजों को कंघा चाहिए है सुनो यहाँ।
सच का सुखाकर लोग सागर चले।।

ज़िग़र की गर्मी पानी हो गई है भैया।
झूठ का लेकर हैं देखो लस्कर चले।।

कल का कुछ पता नहीं आज भूले।
कद से बड़ा है लेकर बिस्तर चले।।

पत्थर में भगवान ढूँढें हैं गाफ़िल ये।
आदमी का सरेआम क़त्ल कर चले।।

खुद की बेटी, बहन, माँ सर्वोपरि देखें।
दूसरों के मान को चकनाचूर कर चले।।

प्रीतम आदमी समझ समझ न आए।
अहंकार ही देखा है हम जिधर चले।।

106) गमे-घर मेरी ज़िंदगी..

ग़मे-घर मेरी ज़िन्दगी, बना दी है आपने।
जीते मरे हैं वो बात, सुना दी है आपने।।

वर्षों से प्यार की एक, उम्मीद जागी थी।
बेवफ़ाई की मोहर पर, लगा दी है आपने।।

मुझे ख़बर नहीं थी, आपके ऐसे ज़वाब की।
जिसे सुना मेरी रूह, हिला दी है आपने।।

दर्द से खाली नहीं है, ज़िस्म का कोई हिस्सा।
ज़ख्मों की ऐसी तह, बिठा दी है आपने।।

रोके रूकते नहीं अश्क़, आँखों से बहते हैं।
दर्द का सागर ये आँखें, बना दी हैं आपने।।

मैंने ख़ुदा से कम कभी, तुझे देखा न था।
मेरे विश्वास की ज्योति, बुझा दी है आपने।।

तेरी उल्फ़त का पहला, फूल क़िताब में है।
पर मुहब्बत की ख़ुशबू, उड़ा दी है आपने।।

तुझे छिप देखना शकूं, जाना भूला न दिल।

उन आहों की अर्थी क्यों, उठा दी है आपने।।

लोग कहते हैं वफ़ा के, बदले वफ़ा मिलती।
लोगों की बात दिल से, हटा दी है आपने।।

व्याकुल इतना "प्रीतम", क्या सुनाऊँ हाले-दिल।
काटो तो ख़ून नहीं हालत, बना दी है आपने।।

107) तुझे याद करते हैं बहुत

तुझे याद करते हैं बहुत, तुमपे मरते हैं बहुत।
कैसे दिखाएं दिल चीर, हम तड़फ़ते हैं बहुत।।

तूने लिख दिया मुझे, मिलने आ जाऊँ तुमसे।
कब, कैसे, कहाँ मिलें, हम ये सोचते हैं बहुत।।

चारों तरफ़ लगी निग़ाहें, प्यार के दुश्मनों की।
नज़रें बचाते लाख हम, और छिपाते हैं बहुत।।

मैं अकेला ही होता हूँ, दोपहर के बाद सनम।
तुम कभी चली आना, रस्ता देखते हैं बहुत।।

सहेलियों के बहाने से, मिलने हमसे आओ तुम।
मैं जानता हूँ डरते हो, तुम लज्जाते हो बहुत।।

ख़त का ज़वाब मैंने, दिले-हाल लिख दिया है।
समझो उससे बढ़कर, तुझे हम चाहते हैं बहुत।।

शक है ज़माने को तो, यकीं में बदलें "प्रीतम"।
सिरफ़िरों से न डरना, तुमसे ये कहते हैं बहुत।।

108) दो ही चीज़ ग़ज़ब की हैं

मनुज मन मंदिर तो दिल समन्दर है।
इस धरा पर भगवान सबके अंदर है।।
फूल में ख़ुशबू ज्यों चाँद में चाँदनी।
पदार्थ में उर्जा ज्यों तन-रुह पावनी।।

भ से भूमि ग से गगन व से वायु।
अ से अग्नि न से नीर मिले आयु।।
भगवान का पूर्ण अर्थ समझिए बंदे।
पंच तत्त्व से भगवान, इंसान बना बंदे।।

भगवान मनुज में मनुज भगवान में।
एक कुल एक अंश है एक तान में।।
फिर क्यों भटके, भेदभाव तू रट-रट।
धर्म मानवता जाए जिसमें सब सिमट।।

शिक्षित बन समझ जगत् की महिमा।
पट मन के खोल ये तीर्थों की सीमा।।
मंदिर, मस्ज़िद, चर्च, गुरु-द्वारे मन में हैं।
काबा, कैलास, काशी ये बसे तन में हैं।।

तू श्रेष्ठ कृति, देववृत्ति ताक़त सब है।
तू सर्वोपरि सुप्तशक्तिमय नर ग़ज़ब है।।
भटका न कर समझाकर नेतृत्त्व करले।
जगत् मिथ्या रब सच्चा तू हृदय धरले।।

मेहनत पूजा भाग्य भूल तज़ुर्बा सत्य है।
गन्तव्य संघर्ष पर मरती जाँचा तथ्य है।।
वृक्ष जल से सींचो फूले-फलते देखोगे।
जीवन को श्रम से देवता बनते देखोगे।।

इस संसार में दो ही चीज़ ग़ज़ब की हैं।
एक श्रम एक तुम उपज भू-नभ की हैं।।
नेक नीयत नेक सीरत नेक जीवन ताल।
अपना इन्हें वो मिले दुनिया कहे कमाल।।

109) नशीब अपना-अपना

देखा हमने आज़माके नशीब को।
मिला वही जो मंज़ूर था साहिब को।।

(1)

चाहा जिसे वो मिला नहीं कभी।
मिला वो जिसे चाहा नहीं कभी।
हैं सोचते हम लड़ाके तरक़ीब को।
मिला वही.............।

(2)

ज़िंदगी में चले लिए इरादा।
टूटा वही जो भी किया वादा।
भटके सदैव ही भुलाके हबीब को।
मिला वही.............।

(3)

लक्ष्य था सही पर तरीक़ा नहीं।
सुना कि जीने का सलीख़ा नहीं।
तोहमत लगी ये जलाके ग़रीब को।
मिला वही.............।

(4)
डुबोया ज़िंदगी ने साहिल पर।
बचाया कभी हमको साहिल पर।
सहा हमने सब मिलाके तहज़ीब को।
मिला वही.................।

(5)
किसी को मिलते ऐशो-आराम।
हमारा जीना भी हुआ निलाम।
कौन समझे यहाँ इस खेल अज़ीब को।
मिला वही..................।

110) कैसे दूँ इल्ज़ाम भला

मुझे लिखने का शौक नहीं, लिखता हूँ वक़्त बिताने को।
कवि कहने का बहाना हुआ, सुनिए मीत इस ज़माने को।।

आशिक़ करते हैं शायरी, कहते हैं ये दुनिया वाले।
कौन समझाए इनको रे, जो हैं तोहमत लगाने को।।

पत्थर रख दिल पर सहूँ सब, ज़ुल्मों-सितम हया रे यारा।
शीशा-ए-दिल तो टूटते, यहाँ केवल शोर मचाने को।।

दिल की बात कहना तो यहाँ, ख़तरे से खाली नहीं हाय!
जोख़िम उठाता हूँ पलपल, मन अपना यार रीझाने को।।

हर बात अच्छी लगे मेरी, ये ज़रुरी तो नहीं है रे!
फिर भी लिखता हूँ ज़िद्द में, रुठा हुआ दिल मनाने को।।

सुबह-शाम रंगीन हो तो, मज़ा ज़िंदगी का आ जाए।
ढूँढता हूँ गीतों में मैं, प्यार के नेक अफ़सानों को।।

"प्रीतम" ज़िन्दगी की हर शै, तुझमें ही जाकर मिलती है।
पाता सूरत तुम्हारी ही, देखकर दिल के ठिकानों को।।

111) गोलियों से डरते नहीं

आजकल चर्चा में हो, क़दम टिकते नहीं।
ईद का चाँद हो गए, यार दिखते नहीं।।

ख़त कितने लिखे हमने, हाल-ए-दिल लिखा।
जानते सब हो फिर भी, हाल लिखते नहीं।।

नज़रें प्यार की डालो, जी उठें हम यार।
आपको देखके ज़ख्म, भी उभरते नहीं।।

हुस्न-ए-दाद आपको, दुनिया देती है।

ज़ल्वा हम भी देखलें, यार मिलते नहीं।।

आए बहार अगर तो, हँसे फूले-चमन।
जैसे तुमसे मिले मन, तार मिलते नहीं।।

शाम होते उठें क़दम, मैकदे की ओर।
बुरी लत है पीने की, पर बदलते नहीं।।

वतन की मिट्टी माथे, बाँधकर सिर कफ़न।
सीना किया फ़ौलादी, यार डरते नहीं।।

मौत तो आनी ही है, आएगी एकदिन।
जीते हैं शान से हम, सोच करते नहीं।।

112) मानव जाति विनाश की ओर.....

सुविधाभोगी मानव सुविधाओं के, ज़ोश में होश गवाए जा रहा।
प्रकृति-संतुलन बिगाड़े मूर्ख देखो, अपने पाँव कुल्हाड़ी खा रहा।
पेड़ काटता अंधाधुंध नितप्रति, क़ारखाने से धुआँ फ़ैला रहा।
क़ार्बन-डाईआक्साइड पैदा कर, टेम्परेचर धरा पर बढ़ा रहा।

भूकंप बाढ़ सूखा बीमारी ये, तोहफ़े प्रकृति-संतुलन ह्रास के।
दूर तक निशां न मिलेंगे यूँ भैया, जीवन की देखना तुम प्यास के।
टेम्परेचर बढ़ा तो ध्रुवों की बर्फ़, पिंघले दिन होंगे संत्रास के।

धरा जलमग्न हो जाएगी रे यूँ, बहेंगे दिन जीवन उल्लास के।

विज्ञान ज्ञान के रथ पर चढ़कर तू, बारूद-बिस्तरा बिछा रहा है।
अस्त्र-शस्त्र विनाश के खिलौने सभी, जिनको देख तू इठला रहा है।
जो चीज़ बनी है प्रयोग होगी रे, इस पर क्यों घना इतरा रहा है।
विकास की ओर नहीं मानव सुन तू, विनाश की ओर ही जा रहा है।

अब भी वक़्त है संभल जा ज़रा तू, पेड़ लगा पर्यावरण स्वच्छ कर।
ग़ंदगी न फ़ैला भू पर फ़र्ज़ समझ, तुच्छता छोड़ दे कर्म उच्च कर।
तेरे धरा नभ नदी नाले सारे, रक्षा करले न इनको तुच्छ कर।
जीवन स्वर्ग सम होगा धरा पर रे, सबसे प्रेमभरे कर्म अच्छ कर।

113) खफ़ा होने वाले

जान से बढ़कर तुझे चाहूँ मैं,
सुन, अरे! खफ़ा होने वाले।
एकपल न भूल तुझे पाऊँ मैं,
सुन, अरे! खफ़ा होने वाले।।

मन-मंदिर मे तू ही बसी है,
मेरे लिए मेनका, उर्वशी है।
आँखों में ख़्वाब तेरे बसाऊँ मैं,
सुन, अरे! खफ़ा होने वाले।।

अपना रिश्ता स्वर्ग से हसीं है,
फूल-ख़ुशबू ज्यों बेहतरीन है।
तेरे दीदार बिन चैन न पाऊँ मैं,
सुन, अरे! खफ़ा होने वाले।।

तू जो हँसकर देखे जिसपल भी,
फूला न समाऊँ हो सजल भी।
रग-रग में स्फूर्ति ये दोहराऊँ मैं,
सुन, अरे! ख़फा होने वाले।।

हर ख़ुशी बदले तेरा ग़म ले लूँ,
तू रहे मुस्क़राती मायूसी झेलूँ।
बस तेरा सानिध्य एक चाहूँ मैं,
सुन, अरे! खफ़ा होने वाले।।

विवेक समझ हरपल मिले तुझसे,
जीवन सफल हो भूतल तुझसे।
तेरे हृदय में बू बन बस जाऊँ मैं,
सुन, अरे! खफ़ा होने वाले।।

तू कूपजल मैं प्यासा पथिक हूँ,
तू वृक्षछाया मैं थका अधिक हूँ।
तेरे ही गीत लबों पर सजाऊँ मैं,

सुन, अरे! खफ़ा होने वाले।।

चाँद से चाँदनी रूठे न कभी भी,
राग से रागनी छूटे न कभी भी।
आ सुरताल संगीत के सजाऊँ मैं,
सुन, अरे! खफ़ा होने वाले।।

"प्रीतम" तेरी प्रीत आनंदायक बने,
जीवन का हरपल फलदायक बने।
मेरी रुह में तू तेरी में समाऊँ मैं,
सुन, अरे! खफ़ा होने वाले।।

114) प्रिय! तेरी यादें..

प्रिया! तेरी यादें मन-मंदिर में दीप-सी जलती हैं।
स्वर्ण किरणों-सी मुख आलोकित करती रहती हैं।।

रिमझिम-रिमझिम बूँद-सी बरसें,
मन-उपवन में ये गिरती हैं।
मानस सागर में लोल लहर-सी,
विचरण करती ये रहती हैं।
आँखों में स्वप्न बनकर हरपल,
होठों पर सरग़म-सी सजती हैं।
प्रिया! तेरी यादें..........।

हिरणों-सी ही चंचल हैं ये यादें,
जो हृदय-वन में दौड़ती हैं।
दुल्हन-सी सजके नयन में कभी,
दुल्हा-मन आकर्षित करती हैं।
मयूर-सी नृत्य करती हृदयतल ये,
पपीहे-सी ही मन को हरती हैं।
प्रिया! तेरी यादें.........।

बुलबुल-सा गीत मनोहर गाती ये,
मन के कोने-कोने सिहरती हैं।
कोयल की कूक-सी मधुर बनकर,
वसन्त की आभा मन भरती हैं।
चातक-से व्याकुल प्यासे मन में ये,
बारिश बनकर गिरती ही रहती हैं।
प्रिया! तेरी यादें...........।

फूलों के रंग सुगंध-सी नवरस लिए,
वसन्त-हृदय में बारात-सी आती।
कभी मुस्क़राकर चाँद-सी ये "प्रीतम",
हृदय में अपनी चाँदनी हैं बरसाती।
कस्तूरी की गंध-सी बनकर कभी ये,
हिरणों-सा पागल करती रहती हैं।
प्रिया! तेरी यादें.........।

115) सच्चा यार

ज़िंदगी एक पहेली है यार मेरे।
समझी न समझी जाए यार मेरे।
एकपल उजाला एकपल अँधेरा,
अज़ब गज़ब है व्यवहार यार मेरे।

कभी फूलों सरीखी कभी काँटों।
पृथ्वीलोक समझो ये संकट बाँटों।
माया मोह त्यागो तुम बंधु प्यारे,
सीख लो भीख न लो अरे! नाटों।

सच्चा यार पीर मित्र की समझे।
सच्चा यार ज़मीर मित्र का समझे।
जो मौसम-सा बदले गिरगिट है रे!
ऐसा क्या तक़दीर मित्र की समझे।

संसार मिथ्या इसे स्थिर न जानो।
कर्म नेक करो स्वयं बड़ा न मानो।
दौलत आई तो सलाम उसी को है,
मनु कर्म पूज्य और व्यर्थ पहचानो।

सच्चा मीत मिले वह भाग्यशाली है।
कृष्ण-सुदामा की संज्ञा दीवाली है।
कुबेर का खज़ाना सच्ची मित्रता है,
इसके सिवाय जो मिला खाली है।

घी का दीया है, अमृत की धार है।
चाँद की चाँदनी नौलखा ये हार है।
सच्चा मित्र तो प्रेम की परिभाषा,
जीवन का परचम है सद्व्यवहार है।

"प्रीतम" तुझ से प्रीत जोड़ मैं सच्चा हूँ।
दिल से बड़ा चाहे अक्ल से कच्चा हूँ।
तुम मुझे भाए, मेरे दिल समाए आभार!
मैं भी तेरी लगन में रुचि रचा-रचा हूँ।

116) आँखों के रास्ते

आँखों के रास्ते गुज़र गया कोई अपना बनके।
नसीहत प्यार की दे गया कोई सपना बनके।
रिश्तों की धूप में लिखे हमने नग़में बहुत,
नग़मों का अलग एहसास दे गया कोई नग़मा बनके।

इस घर से उस घर तक रोशन चिराग़ हो गए।
जो थे प्याले बेबसी के टूटकर वो राग हो गए।

कहावतें न होकर मनोरंज़न की अल्फाज़ उनके,
हमारे लबों तक आकर ज़िंदगी का साज़ हो गए।

शायद इसी मोड़ पर आना था उन्हें साथी बनकर।
जलना था मेरे दिल में इश्क़ की बाती बनकर।
कहते हैं जवानी की कहानी जो थी कभी अधूरी,
आज पूरी हो गई वो उनका मुलाक़ाती बनकर।

आँसू से मुक़ाम तक प्यार की दिलक़श हसीं शाम तक।
धूप-सी चिलकती ज़िंदगी के इस एहतराम तक।
सुना दिल की "प्रीतम" कहाँ खोया था अब तक।
आज दी है दिल ने दिल के बंद दरवाज़े पर दस्तक़

117) प्यारभरा.....

तुम जो मुस्क़राते हो, बड़े अच्छे लगते हो।
दिलरुबा दिलके तुम, बड़े सच्चे लगते हो।।

तेरी तस्वीर मैंने तो, दिल में बसा ली है।
आँखों में प्यार की, मैंने काजल डाली है।
अब न कहना सनम, अजी! पीछे लगते हो।
दिलरुबा दिलके.................।

होठों पर नाम तेरा ही, अब आने लगा है।
नग़में मिलन के दिल, मेरा सजाने लगा है।
आँखों से ख़ुशी के तुम, आँसू बन बहते हो।
दिलरुबा दिलके..................।

हाथों पर नाम तेरा मैं, लिख चूम लेता हूँ।
आँखों में सपने तेरे, सजाकर झूम लेता हूँ।
रोमांच जगता दिल में, जब सामने आते हो।
दिलरुबा दिलके..................।

ये दिल अब तो सनम, घर तेरी यादों का।
समझ मनसूबा अब तो, तू मेरे इरादों का।
जग की हर शै नीरस, मुझे तुम ही भाते हो।
दिलरुबा दिलके..................।

118) सुन रे मानव

पैसा बड़ा हो गया आदमी से आज।
पैसे वाले को सलाम करता है समाज।
पैसा न हो उसे ग़रीब कहता है देखो,
पैसे वाले पर करता है हरकोई नाज़।

सूर्य की पहली किरण हर घर में आती।
ग़रीब अमीर का फ़र्क नहीं है समझाती।

तेरी दृष्टि में मनुज ये खोट किसलिए है?
जो जाति, धर्म, क्षेत्र में है बटती जाती।

प्रकृति ने सबको है समान समझा भाई।
आदमी ने तैयार की भेदभाव की खाई।
पैसा यहाँ सर्वोपरि वहाँ बराबर हैं सब,
राजा-रंक की एक जैसी ही है सुनवाई।

न भूल मानवता न भूल खुदा मन्तव्य।
आज तेरी कल और की होगी गंतव्य।
तेरी सोच तो एक ख़्वाब सलीखी है रे,
तू समझता है भूल से उसे देख भव्य।

बूढ़ी के बाल जैसा तेरा रूप है मानव।
इसे शाश्वत समझ करता है अहम् भाव्य।
रे मूर्ख! तेरी औक़ात कुछ भी नहीं है,
भौतिक चीज़ों से प्यार का ये काव्य।

स्वार्थ छोड़ दे मानवता समझले गाफ़िल।
विकार भूलके प्यार से भरले अपना दिल।
तेरी औकात तो बुलबुले-सी है मेरे, भाई!
आँसू तो बहा देते हैं आँख का काजल।

काल का डर नहीं थाल सर्वोपरि तेरेलिए।
राज अहंकार सिर चढ़बोले स्वार्थ फेरेलिए।
तू मिट्टी है मिट्टी में मिल जाएगा एकदिन,
घूम रहा तू मन पागलपन के अँधेरे लिए।

तू मुझे नज़रअंदाज़ मत कर पागल हो।
मैं समंदर हूँ तू न रोबकर देख मंदिर हो।
मैं उछलूँगा तो तुझे बहा ले जाऊँगा साथ,
नाचेगा लहरों में मेरी बस तू एक बंदर हो।

आज अपने आप को सुधार छोड़ तक़रार।
आज तेरी है कल होगी मेरी भी सरकार।
ये ज़िदगी है कभी धूप कभी छाँव भैया!
कभी मैं हूँ कभी तू होगा यहाँ लाचार।

न तू है न मैं हूँ यहाँ पूर्ण सुन कानखोल।
परमात्मा पूर्ण उसके आगे कोई नहीं बोल।
अहम्वस आँखों पर बुराई का पर्दा गिरा है,
कौवे को भी तू समझता है प्यारे कोयल।

119) मंज़िलें

मंज़िलें ज़ुनून से मिलें, शुकून से नहीं।
प्यार दिल से करो तुम, ख़ून से नहीं।

तक़दीरों के भरोसे ज़िंदगी क्या जीना,
इतिहास कर्म से बनता, ऊन से नहीं।

चलो पथिक अग्रसर दीवानों की तरह।
जलो शम्मा पर तुम परवानों की तरह।
जग तुम्हें तभी याद रखेगा, सुनलो तुम!
मिटोगे या मिटाओगे दुश्मनों की तरह।

बरसात वातावरण स्वच्छ बनाती देखी।
मुलाक़ात दिलों को सदा मिलाती देखी।
फूल तो कागज़ से भी बनाए जाते हैं,
पर ख़ूशबू असली फूलों से आती देखी।

धोखे से तन जीत सकें मन नहीं हम।
पैसे से वाद्ययंत्र मिलते फ़न नहीं सनम।
ग़ैरों पर भरोसा न करो पैरों पर करो,
ग़ैर देते हैं धोखा पर नहीं देते क़दम।

अपने भरोसे चला वो मुक़ाम पा गया।
काँटों से तो फूल भी ज़ख्म खा गया।
सूरत से सीरत का अंदाज़ा नहीं लगता,
कोयला खान से निकल हीरा सिखा गया।

120) वीर जवानों....

आन बान शान हो तुम देश की।
सुनहरी मुस्क़ान हो तुम देश की।
कर्म से तुम्हारे तिरंगा लहराए है,
वीरों एक ज़ुबान हो तुम देश की।

गर्मी-सर्दी सह सीमा सुरक्षा करते।
जान देकर भी देश की रक्षा करते।
कभी रिश्तों के तार तोड़कर तुम,
देश के आकाश में नव-रंग भरते।

संघर्ष करते बर्फ़ीले तूफ़ानो से भी।
लड़ते कभी तुम रेगिस्तानों से भी।
ख़ून की होली खेलते मौत झेलते,
आने-शम्मा-जलते परवानों-से भी।

विरह अपनों से प्रेम है सपनों से।
प्रेमटीस तन्हा बहती है नयनों से।
जीवन का हरलम्हा देशप्रेम-भीगा,
बीते जीते ख़ुशी दिले-आइनों से।

वीर जवानों देश का सलाम लो।
देश की ख़ुशी हृदय में थाम लो।

दिन में तारे दिखा दो दुश्मन को,
हौंसलों का भी तुम ये पैग़ाम लो।

मरेंगे या मिटेंगे जंगे-आज़ादी में।
बारूद भरे बैठे सीना फ़ौलादी में।
मिट्टी का कर्ज़ अदा कर जाएंगे,
कसर न छोड़ें शत्रु की बरबादी में।

121) सुनाने आया हूँ।

ग़रीब की आह! सुन दर्द दिखाने आया हूँ।
मानवता हितैषी बन मर्ज़ सुनाने आया हूँ।।

झोंपड़ी गुमसुम कभी अरमान लुटता भैया।
डगमग जीवन की नाव सम्मान घटता भैया।
ठोकरों में हैं, रोते चिल्लाते आँसू पी जाते।
ग़म की घूँट पीते, नहीं किसी को दिखाते।
मान-मर्यादा सब सिमट के कटोरा हो गई।
साँप की ज़िंदगी-सी ज़िंदगी पिटारा हो गई।
घुटते सिमटते साँसों का बयान सुनाने आया हूँ।
मानवता हितैषी...................

बलात्कार जिसका हो वो समाज से कतराता।
तेज़ाब फैंका जिसपर वो आइने से शर्माता।

चोर की दाड़ी में तिनका हरकोई ये बताता।
चोर चोरी से जाए हेराफेरी से क्यों नहीं जाता?
कर्म की पूजा सत्य तो भाग्य किसको कहते?
जिसके पीछे हो पागल सब घूमते ही हैं रहते।
आपने देखा भुला मैं ये याद दिलाने आया हूँ।
मानवता हितैषी............. ......।

सब बातें सबको पता पर अपनाते नहीं बंधु!
दर्द समझते सब पर ध्यान लगाते नहीं बंधु!
मैं के वश में हम का ठिकाना भूल गए हैं।
दौलत के मोह में रे! इंसानियत भूल गए हैं।
संसार मिथ्या रब सच्चा जान अंजान हैं हाय!
दंभ में चूर हो इंसानियत से करते हैं बाय।
ये संसार किराए का घर यही समझाने आया हूँ।
मानवता हितैषी.................।

122) ये राखी का त्योहार.....

जब भाई की कलाई पर, बहन बाँधती है राखी।
इस प्रीत के बदले भाई, रक्षा का बनता साखी।।

बहन-भाई का रिश्ता ये, सुंदर सबसे प्यारा है।
कृष्ण ने की है रक्षा जब, द्रौपदी ने पुकारा है।
राखी बदले उपहार हो, बहना की ये पुकार हो।

जैसे उसके प्रति स्नेह है, हरबहन से वो प्यार हो।
स्वर्ग होगी तभी ये भूमि, सबका मान बने राखी।
इस प्रीत के बदले.................।

सबकी इज़्ज़त एक होय, कोई बहन कभी न रोय।
देखकर कष्ट में बहन को, जागे भाई तब न सोय।
एक लाज हर समाज यहाँ, इसी त्योहार बन जाए।
सीख सभी लीजिए भाई, प्राण जाए वचन न जाए।
आओ हम सब इस क़सम के, आज बने "प्रीतम" साखी।
इस प्रीत के बदले.................।

123) सुन प्रीतम की बात....कुंड़लिया छंद

(1)

तुम अपराध कर ख़ुश हो, परिणाम सोचे बिन।
विधाता ले बदला रे, अपराध को गिन-गिन।।
अपराध को गिन-गिन, कैसे बचोगे भैया।
एकदिन डूबेगी, यक़ीन से यार नैया।
सुन प्रीतम की बात, बुराइयाँ न होती गुम।
तुम भूल जाओ रे, प्रभु को याद रहते तुम।

(2)

काम छोटा बड़ा नहीं, मनुष्य की सोच है।
काम की पूजा होती, निम्न सोच लोच है।।

निम्न सोच लोच है, सोच बदल ऊपर उठो।
मानवता यश मिले, इससे तुम रे न रूठो।
सुन प्रीतम की बात, काम करे गूँजे नाम।
वरना ओझिल रहे, शामिल दाम और काम।

(3)

पति वय बैटरी रिचार्ज़, का दिन करवा चौथ।
पत्नी को ख़ुश कीजिए, न दिखाना तुम थौथ।।
न दिखाना तुम थौथ, संगिनी बिन क्या भैया।
पत्नी नाराज़ तो, दिल शकून खोय सैंया।
सुन प्रीतम की बात, व्रत में पत्नी प्रेम अति।
दुवा करती प्रभु से, लंबी उम्र पाए पति।

(4)

शिक्षा का दीपक जले, आगे बढ़े देश बंधु।
हरघर ख़ुशियों से भरे, ग़ुल में ज्यों बू बंधु।।
गुल में ज्यों बू बंधु, महके गुलशन-सा देश।
प्यार की ख़ुशबू से, आनंदित हो परिवेश।
सुन प्रीतम की बात, कुशल हों सब ले दिक्षा।
इंसानियत भरती, इंसान में रे शिक्षा।

124) शान तिरंगे की

दिल में बसा ली है हमने, अरे शान तिरंगे की।
तन मन तिरंगे का है ये, है ये जान तिरंगे की।।

चमन है ये वतन हमारा, हम माली बने इसके।
खिलता महकता रहे सदा, झूमे आन तिरंगे की।

किसकी मज़ाल देखे इसे, आँखें उठा ग़ैरत से।
मिट्टी में मिला दें उसको, हम ज़ुबान तिरंगे की।।

जिसने झुकाना चाहा है, चारों खाने चित हुआ।
जग कोने-कोने फहरती, ये उड़ान तिरंगे की।।

ओज हरियाली शांति का, संदेश देता सबको।
संत-सी शोभा है जग में, इस महान तिरंगे की।।

हरपल जीवन का कुर्बान, करके मिली आज़ादी।
खोने न देंगे इसको हम, ये ज़हान तिरंगे की।।

एकदिन शहीदों का नहीं, हरदिन होना चाहिए।
भरलो बनाके सरग़ाम ये, छेड़ तान तिरंगे की।।

जाति धर्म क्षेत्र भूलो अब, मानवता दिल में भरो।
आपसी प्यार से फलेगी, सुनो बान तिरंगे की।।

रिश्ते-नाते भेंट चढ़ाके, आज़ादी मिली हमको।
जान पर खेल बचाई है, ये मुस्क़ान तिरंगे की।।

"प्रीतम" प्रीत सदा वतन से, रखना दिल में बसाकर।
देश सेवा सबसे बढ़कर, यही ग़ुमान तिरंगे की।।

125) लेना हौंसले से काम

आएंगी मुसीबतें, लेना हौंसले से काम।
ज़िंदगी संघर्ष है, मिलता नहीं आराम।।

उम्रे-तम है लम्बी, ख़ुशी के कम पैग़ाम।
ग़म में हँसना सीखा, ख़ुशी हुई ग़ुलाम।।

पकंज चाहे जग, लो इससे सीख बड़ी।
रात में चाँद-सा हँसना, है ज़िंदगी नाम।।

काँटे चुभे कलियाँ खिलें न घबराना तुम।
उगते सूरज को ही, ये जग करे सलाम।।

तन्हा चलोगे एकदिन काफ़िला बनेगा।
हर ज़ुबां पर होगा, एक तेरा ही बस नाम।।

"प्रीतम" तेरे हौंसले को, सज़दा करूं सदा।
ग़म मिला कभी, किया मुस्क़रा एहतराम।

126) आँचल की हवा करना

हे शोभा के सदन! नयनों में बसा करना।
दीद के प्यासे हैं, तुम पूरी रज़ा करना।।

सजे अरमां मन में, ज्यों तारे हों गगन में।
प्रीत के प्यासे हैं, तुम हँसके वफ़ा करना।।

हृदय कोरा कागज़, दिले-कूची से लिख कुछ।
मिलन के प्यासे हैं, तुम रहमत बयां करना।।

रजनी-सा पाक है, मन-मंदिर-आँगन-चारु।
रूप के प्यासे हैं, चंदा-सा खिला करना।।

चकोर-मन मूर्ख ये, तुझको निहारे जाए।
प्रीत प्रीतम की है, आँचल की हवा करना।।

127) अपनी भाषा हिंदी

मधुर मनोहर मीठी-सी, अपनी भाषा हिंदी है।
देवनागरी लिपि इसकी, माथे पर ज्यों बिंदी है।।

(1)

हर शब्द है फूल इसका, भरलो रे हृदय गागरी।
मिलके बोलिए ज़ोश में, जय हिंदी-देवनागरी।
संस्कृत से उत्पन्न हुई, लेकर सुंदर सरल रूप।
नमन हृदय से करते हैं, कवि लेखक और ये भूप।
पहला स्थान जग में मिला, वही राजभाषा हिंदी है।
देवनागरी लिपि...................।

(2)

हरभाषा से प्रेम करे, यही पलकों बिठाती है।
गीतों भजनों में बसके, मिस्री-सी घुल जाती है।
आन बान मान देश की, है ये पहचान देश की।
कोयल कूक सरीखी ये, सुनो है ज़ुबान देश की।
सब भाषाओं से मीठी, क्या कहना ये हिंदी है।
देवनागरी लिपि...................।

(3)

एकशूत्र में पिरो रखे, सबके मन को भाती है।
बड़े-बड़े ग्रन्थों से ये, जग तूती बुलवाती है।

एकदिवस नहीं अब बंधु, हरदिवस तुम मनाओ रे!
हिंदी हिंदू हिंदुस्तान, नारा जग गुंजाओ रे!
देखो देश में ही नहीं, विदेश में भी ज़िंदी है।
देवनागरी लिपि.................।

(4)

चौदह सितंबर का सन् ये, उन्नीस सौ उनचास था।
राजभाषा भारत हुई, हर भारती उल्लास था।
अंग्रेज़ी सखी बनाई, सुने धरती-आकाश था।
सब भाषाओं से आगे, सुनो दिन कितना ख़ास था।
सभी भाषाओं से लड़ी, करके चिंदी-चिंदी है।
देवनागरी लिपि इसकी, माथे पर ज्यों बिंदी है।
मधुर मनोहर मीठी-सी, अपनी भाषा हिंदी है।।

www.ingramcontent.com/pod-product-compliance
Lightning Source LLC
Chambersburg PA
CBHW050407030726
47503CB00006B/2065
* 9 7 8 8 1 9 3 3 5 7 0 2 6 *